수상한 과학실,
빵을 탐하다

수상한 과학실, 빵을 탐하다

(청소년 성장소설 십대들의 힐링캠프, 탐구 · 실험)

[십대들의 힐링캠프®] 시리즈 NO.22

지은이 | 박기복
발행인 | 김경아

2020년 2월 28일 1판 1쇄 발행
2021년 5월 18일 1판 2쇄 발행(총 4,000권 발행)

이 책을 만든 사람들
책임 기획 | 김경아
기획 | 김효정
북 디자인 | KHJ북디자인
교정 교열 | 좋은글
경영 지원 | 홍종남
표지 삽화 | 발라
제목 | 구산책이름연구소

이 책을 함께 만든 사람들
종이 | 제이피씨 정동수 · 정충엽
제작 및 인쇄 | 천일문화사 유재상

펴낸곳 | 행복한나무
출판등록 | 2007년 3월 7일. 제 2007-5호
주소 | 경기도 남양주시 도농로 34, 부영e그린타운 301동 301호(다산동)
전화 | 02) 322-3856 팩스 | 02) 322-3857
홈페이지 | www.ihappytree.com
도서 문의(출판사 e-mail) | e21chope@daum.net
내용 문의(지은이 e-mail) | yesreading@gmail.com
※ 이 책을 읽다가 궁금한 점이 있을 때는 지은이 e-mail을 이용해 주세요.

ⓒ 박기복, 2020
ISBN 979-11-88758-19-7
"행복한나무" 도서번호 : 120

수상한 과학실, 빵을 탐하다

| 박기복 지음 |

차례

등장인물 소개

송윤정   컴퓨터과학부에 열등감이 심한 자연과학부 담당 선생님

이명재   잘난 척하고 외부 대회에서 성과를 잘 내는 컴퓨터과학부 선생님

이태경   밥 먹으러 자연과학부에 들어간 장난기 많은 남학생

박채원   향기에 관심이 많아서 자연과학부에 들어간 여학생

박서형   박채원 남동생으로 어리지만 빵을 좋아하는 미래의 제빵사

권우현   이태경과 절친한 친구로 컴퓨터를 잘하는 남학생

지성규   '지구평면설'(평평한 지구)을 비롯해 이상한 음모론을 믿는 남학생

이선혜   외모는 못생겼는데 품성이 착한 걸로 유명한 여학생

자연과학부 소속

1모둠(서인)   홍성현, 김성우, 김주현, 윤다은, 이태경

2모둠(동인)   이예나, 나승연, 김정민, 정지환, 박채원

H
나는 급식 먹으러 과학부에 간다

이태경

H 수소(Hydrogen). 원자 번호 1.
우주에서 가장 흔하고 가벼운 원자.
스스로 타고 폭발하는 성질이 있다.

중학생이 되고 처음 급식을 먹는 날, 2교시가 끝나 갈 무렵부터 배가 고팠다. 아침밥을 든든히 먹었는데 이상하게 배가 고팠다.

"아, 배고프다."

"네가? 이 시간에?"

권우현이 눈을 크게 떴다. 물론 크게 떠 봤자 졸릴 때 내 눈 크기만도 못하지만.

"어디 아파?"

"네 눈엔 내가 아파 보이냐?"

"전혀! 근데 왜 배가 고파?"

"난들 알겠냐. 이런 적이 없었는데."

"네가 아침밥을 대충 먹었을 리는 없고."

"우리 엄마가 어떤지 알면서."

"그니까! 너희 엄마는 아침을 든든히 안 먹으면 학교도 못 가게 하잖아."

우현이 말처럼 우리 집에서는 아침을 제대로 안 먹으면 집을 못 벗어난다. 아무리 늦어도 밥은 먹고 나가야 한다. 내가 어쩌다 아침을 안 먹고 나가려고 하면 엄마는 전쟁을 치르듯이 내게 달려든다. 지각할 위험에 처해도 밥상에 차분히 앉아서 차려 놓은 반찬을 골고루, 여러 번 먹어야만 한다. 먹은 척 흉내만 냈다가는 매서운 잔소리를 들어야 한다. 숙제를 안 해도 학원을 빼먹어도 넘어가는데, 밥을 제대로 안 먹으면 무지막지한 잔소리 폭탄이 떨어진다. 친구들에게 우리 엄마는 숙제나 학원보다 밥을 더 중요하게 여긴다고 말하면 아무도 안 믿는다. 아주 어릴 때부터 엄마는 그 어떤 것보다 밥을 제일 중요하게 여겼기에 나는 다른 엄마들도 다 그런 줄 알았다. 다른 엄마들이 밥보다 숙제나 학원을 더 중요하게 여긴다는 사실을 알고 꽤 큰 충격을 받았다.

아빠는 열네 살이면 배불리 먹어도 뒤돌아서면 곧바로 배고플 나이라면서 늘 내 식욕을 적극 지지한다. 그 덕분에 내 몸매는 아빠를 닮았다. 그렇다고 아주 뚱뚱하지는 않다. 어쨌든 내가 아무리 한창 크는 열네 살이라고 해도 먹은 뒤 곧바로 배고플 정도는 아니다. 먹은 뒤 두어 시간이 지나서 배가 고파질 만큼 몸을 움직이지도 않았다. 아침을 든든히 먹고 학교에 와서 가만히 책상에 앉아 있기만 했는데 배가 고파지다니, 이제껏 없던 일이었다.

"네가 배고프다니 괜히 나까지 배고프잖아. 난 아침도 제대로 못 먹고 나왔는데……."

"내가 늘 말하잖아. 사람은 밥심으로 산다고."

"그래, 그래! 먹고 죽은 귀신이 때깔도 좋지."

"크크크, 너도 우리 엄마한테 세뇌당했구나."

"이제 겨우 2교시 끝났는데, 급식 먹을 때까지 어떻게 기다리냐?"

우현이는 교실에 걸린 시계를 힐끗 보더니 홀쭉한 배를 쓰다듬었다.

그 순간, 나는 내가 아침을 든든히 먹었음에도 왜 그렇게 배가 고파졌는지 깨달았다. 바로 기대감 때문이었다. 초등학생 때 늘품중학교는 근방에 다니는 초등학생들이 모두 가고 싶은 중학교로 첫 손에 꼽혔다. 이유는 단 하나였다. 바로 급식! 늘품중학교는 근처에 자리한 중학교 가운데 급식이 맛있기로 소문난 학교였다. 늘품중학교에 다니는 동네 형들은 입에 거품을 물고 자랑을 했다. 심지어 웬만큼 유명한 맛집보다 더 맛있다는 말까지 들었다. 엄마도 그 소문을 들었고, 나에게 꼭 늘품중학교로 가라고 했다. 물론 나도 꼭 늘품중학교에 들어가고 싶었고, 운 좋게도 늘품중학교는 우리 학교가 되었다.

"넌, 내가 이 학교에 왜 온 줄 알지?"

"그럼, 아주 잘 알지. 근데 그게 왜?"

"기대가 너무 컸나 봐."

우현이는 내가 무슨 말을 하는지 바로 알아듣고 큰 소리로 웃었다.

"그나저나 소문만큼 맛있을까?"

나는 두 손으로 턱을 괴고 오늘 먹게 될 급식을 상상했다.

"맛있겠지. 안 그러면 그렇게 소문이 났겠냐? 그나저나 자꾸 급식 생각하니까 나도 배가 고프잖아."

"아, 3~4교시를 어떻게 견디냐?"

배가 고파서 3교시 수업에 집중하기 힘들었다. 3교시 쉬는 시간이 되자마자 우현이와 나는 곧 먹을 급식을 두고 다시 수다를 떨었다. 우리뿐 아니었다. 다른 애들도 마찬가지였다. 이곳저곳에서 급식 이야기가 보글보글 끓는 국물처럼 넘쳐났다.

4교시는 고통스럽기까지 했다. 아예 선생님 말씀이 들리지 않았다. 시곗바늘은 달팽이처럼 느리게 움직였고, 내 배는 돌길을 달리는 자전거처럼 요동쳤다. 수업이 끝나기 10분 전쯤부터 고통은 점점 사라지고, 기대감이 빵처럼 부풀어 올랐다.

수업 끝나기 5분 전, 내 식욕은 위가 폭발하기 직전까지 치달았다. 내 위는 손가락만 건드려도 터져 버릴 위험물이 되어 있었다. 내 절제력은 째깍거리는 시한폭탄처럼 위태로웠다. 절제력이 무너지면 그대로 식욕이 폭발할지도 모른다. 그러면 나는 아마 이성을 잃고 배식하는 곳으로 달려들지도 모른다. 그랬다간 미쳤다고 손가락질을 받게 될 것이다. 그럴 수는 없기에 나는 있는 힘껏 내 욕망을 내리눌렀다.

수업이 끝나기 3분 전, 발사를 앞둔 우주선처럼 온몸이 근질근질했다. 종이 울리면 가장 먼저 달려가, 가장 먼저 먹고 말 테다. 우현이와 나는 눈빛을 주고받았다. 발가락에 힘을 주었다. 발바닥 마찰력도 확인했다. 종만 울리면 가장 빠르게 튀어나가면 된다.

수업 끝나기 2분 전, 선생님이 책을 덮었다. 그러고는 우리를 향해 빙그레 웃었다. 그래요, 선생님! 다른 반보다 빨리 끝내 주세요. 저는 천국을 향해 달려 나갈 준비가 다 되었답니다. 웃음을 머금은 선생님 얼굴이 천사처럼 빛났다.

"첫 급식이네!"

"네!"

애들은 유치원생처럼 우렁차게 대답했다. 다들 얼굴에 웃음꽃이 피었다. 기대감이 만들어 낸 웃음이었다. 그러나 나는 웃지 않았다. 웃으면 긴장이 풀어진다. 긴장이 풀어지면 출발 신호가 울렸을 때 온전히 힘을 쏟아 내지 못한다. 나는 심호흡을 하고 다시 한번 발끝에 힘을 주었다.

수업 끝나기 1분 전, 선생님이 묘한 표정을 지었다. 뭔가 불길했다.

"바로 먹고 싶겠지만, 아쉽게도 기다려야 해!"

이게 무슨 말인가?

"우리 학교 급식실이 좁아서 학년별로 차례대로 먹거든. 3학년 먼저, 2학년이 그다음, 1학년은 마지막이야. 안타깝지만 너희는 20분 더 기다려야 해."

"그런 게 어딨어요?"

나도 모르게 큰 소리가 튀어나왔다. 이곳저곳에서 항의가 쏟아지며 교실이 소란스러워졌다.

"담임 선생님이 말씀 안 하셨나?"

당연히 들은 적 없다.

"깜빡하신 모양이네. 아무튼 너희들 마음은 알겠지만, 빨리 가 봐야 못 먹어. 먼저 갔다가 단속에 걸리면 가장 뒤에 먹게 되니까 괜히 먼저 가지 마."

수업이 끝나는 종소리가 울렸다. 종소리에 맞춰 내 영혼은 이미 급식실에 가 있었다. 그러나 내 몸은 꼼짝할 수 없었다. 선생님은 교단에 서서 부드럽지만 단호한 웃음을 머금은 채 우리를 옴짝달싹 못 하게 만들었다. 조금 뒤 담임 선생님이 들어왔다. 온갖 원망과 항의가 쏟아졌지만 담임 선생님은 단호했다. 두 다리는 점화를 한 로켓처럼 불을 뿜어 내는데, 내 몸은 쇠살보다 단단한 규칙에 묶여 꼼짝 못 했다. 급식실에서 퍼져 나온 냄새가 교실로 파고드는 듯했다. 급식을 먹으며 선배들이 감탄하는 소리가 환청이 되어 들렸다. 입은 침만 삼키며 괴로워했고, 배는 허기에 지쳐 뒤틀렸다. 교실 곳곳에서 고통스러운 소리가 들렸다. 원망은 탄식으로 바뀌있다. 4교시에 달팽이처럼 움직이던 시곗바늘은 차라리 빠른 편에 속했다. 시간이 멈춰 버린 듯했다. 길게 늘어진 시간 속에서 나는 지옥을 경험했다.

20분이 지났다. 담임 선생님이 가도 된다는 신호를 보내자마자 내 몸은 번개처럼 튀어나갔다. 그럼에도 무려 열세 명이 내 앞에 있었다. 번개보다 빠른 인간들이었다. 우현이는 나보다 한참 뒤에 있었다. 열세 명이 일만 삼천 명처럼 보였다. 곧바로 들어갈 줄 알았는데 입장을 허락해 주지 않았다. 급식실 문 앞을 무서운 선생님이 지키며 우리를 못 들어가게 했다. 급식실 바로 앞에서 기다리니 더욱 힘들었다. 기다리는 시간은 잠깐이었지만 영겁보다 길게 느껴졌다. 잠시 뒤, 입장해도 된다는 허락이 떨어졌다.

13인의아해가배식대로질주하오. (길은곧장배식대로향하오)

제1의아해가급식을받았다오.

제2의아해가급식을받았다오.

제3의아해가급식을받았다오.

제4의아해가급식을받았다오.

제5의아해가급식을받았다오.

제6의아해가급식을받았다오.

제7의아해가급식을받았다오.

제8의아해가급식을받았다오.

제9의아해가급식을받았다오.

제10의아해가급식을받았다오.

제11의아해가급식을받았다오.

제12의아해가급식을받았다오.

제13의아해가급식을받고드디어내앞에찬란한기회가열렸다오.

－「오감도 시제1호(烏瞰圖 詩第一號)」, 이상 패러디

역시 소문은 믿을 게 못 된다. 급식은 소문만큼 맛있는 수준이 아니었다. 급식은 소문보다 훨씬⑪ 맛있었다. 급식을 먹는 동안 내내 행복했다. 급식을 먹고 나서도 행복했다. 안타깝지만 행복은 오래 가지 못했다. 행복하기에 도리어 고통스러웠기 때문이다. 황홀한 급식을 내일도, 모레도 계속 20분 늦게 먹어야 한다고 생각하니 견디기 힘들었다. 오후 수업에 들어오는 선생님들께 항의해 봤지만 소용이 없었다. 학년별로 돌아가면서 순서를 정하자는 타당한 제안도 받아들여지지 않았다. 오랫동안 그렇게 해 왔기 때문에 이제 와서 1학년 의견대로 하면 3학년이 받아들이지 않을 거라고 했다.

그때부터 점심시간만 되면 지옥과 천국을 오갔다. 기다림은 지옥 같았고, 급식을 먹는 순간은 천국이었다. 3학년 선배들은 1학년을 볼 때마다 우리도 다 그런 시기를 거쳤다면서 놀렸다. 20분을 단축하기 위해 2년을 기다려야 하다니…… 까마득했다. 처음에는 1학년 내에서 불만이 들끓었지만 시간이 지나면서 차츰 체념하는 분위기가 되었다. 그렇지만 나는 도저히 체념할 수가 없었다. 짧다면 짧은 20분이 날이 갈수록 힘들었다. 20분도 못 참는 내 절제력에 실망했지만 어쩔 수 없었다.

그런 고통과 환희를 일곱 번 겪고 난 날이었다. 마지막 수업이 끝나고 청소를 하려는데 권우현이 나를 잡아 끌었다. 우현이는 다른 애들 눈치를 보며 나를 으슥한 곳으로 데려갔다.

"뭐야? 왜 이래?"

"조용히 해. 이거 일급비밀이란 말이야."

"아, 뭔데?"

"조용히 하라니까."

우현이는 내 입을 틀어막았다.

"야, 더럽게."

"다른 애들이 알면 난리 나니까 조용히 하라고."

우현이는 귀엣말로 일급비밀을 털어놓았다.

"정말이야?"

"조용히 하라고."

우현이가 둘레를 살피며 내 팔뚝을 쳤다.

"미안, 미안!"

나도 눈치를 살피며 목소리를 낮췄다.

"그거 진짜야?"

"일급비밀 맞지?"

"이거 대박이다!"

"할 거지?"

"당연하지."

"어느 쪽으로 할 거야?"

"어느 쪽이라니?"

"자연과학부랑 컴퓨터과학부 가운데 어느 쪽을 지원할 거냐고?"

"하려면 컴퓨터를 해야지. 자연과학이라니, 딱 봐도 재미 없잖아."

"그런데 그게 쉽지 않을걸."

"쉽지 않다니?"

"자연과학부는 지원자가 별로 없는데, 컴퓨터과학부는 경쟁률이 엄청나대."

"경쟁률이 얼만데?"

"작년에는 5대 1이었대."

"자연과학부는?"

"거기는 선배들도 잘 모른대. 많아 봤자 2대 1 정도라고 했어."

"컴퓨터 잘하는 애들이 다 컴퓨터과학부로 몰리겠지?"

"당연하지. 우리 학교가 급식이랑 컴퓨터 쪽으로 유명하잖아."

"음, 그럼 뭐 어쩔 수 없지. 나야 급식 먼저 먹는 게 중요하지, 어떤 과학부인지는 중요하지 않으니까."

"너는 과학을 별로 안 좋아하잖아. 괜찮겠냐?"

"과학이 문제냐? 급식을 가장 빨리 먹는다는데……."

"꼭 너희 엄마 같다!"

"어쩌겠어. 그 엄마에 그 아들인걸."

나와 우현이는 낄낄거리며 웃었다.

"너는 어떡할래?"

우현이에게 물었다.

"나야 컴퓨터과학부지."

"하긴 뭐. 너야 컴퓨터 잘하니까."

"경쟁률이 높아서 걱정이긴 해."

"어떡하든 들어가야지."

급식을 바로 먹을 가능성이 열렸는데 어렵다고 포기할 수는 없었다. 나와 우현이는 종례가 끝나자 곧바로 교무실로 갔다. 교무실에 들어가자마자 눈이 마주친 선생님에게 과학부에 지원하러 왔다고 했더니 곧바로 '정보' 과목을 담당하는 이명재 선생님이 앉아 있는 자리로 우리를 보냈다. 이명재 선생님은 30대 초반으로 보였는데 눈매가 뚜렷하고 코가 꽤나 높아서 당당한 인상이었다.

"과학부에 지원하려고 왔니?"

목소리도 자신감이 넘쳤다.

"네!"

나와 우현이는 동시에 대답했다.

"여기 지원서!"

우현이와 나는 이명재 선생님이 내민 지원서를 받아들었다. '컴퓨터과학부 지원서'란 글씨가 크게 쓰여 있었다.

"지원 동기, 현재 실력, 과학부에 들어와서 이루고 싶은 목표를 써서 내면 돼. 경쟁률이 높으니 뽑히려면 잘 써야 할 거야. 모레가 마감이니 시간 맞춰 내고."

우현이는 지원서를 받아들고 곧바로 나가려고 했다.

"저…… 선생님 죄송한데, 전 자연과학부에 지원하려고…….''

"뭐? 자연과학부?"

이명재 선생님이 나를 이방인처럼 쳐다봤다.

수상한 과학실, 빵을 탐하다

"아니, 왜?"

'왜' 뒤에 '자연과학부 따위를 가느냐?' 하는 문장이 생략된 느낌이었다. 급식 때문이라고는 말할 수 없었기에 아무 대답도 하지 못했다.

"뭐, 그럴 수도 있지. 저 끝에 지저분한 책상 보이지?"

이명재 선생님이 교무실 가장 구석진 곳을 가리켰다. 책들이 수북하게 쌓인 책상이 보였다. 나는 이명재 선생님에게 인사를 하고 지저분한 책상이 있는 곳으로 갔다. 우현이는 교무실 밖으로 나가서 나를 기다렸다. 지저분한 책상 아래로 머리를 뒤로 질끈 묶은 여자 선생님이 머리를 숙인 채 뭔가를 찾고 있었다. 책상 위는 어수선하고 바닥에는 쓰레기통에 있어야 할 물건들이 어지럽게 떨어져 있었다.

"저, 자연과학부에 지원하려고 왔는데요."

책상 아래로 몸을 숙인 채 뭔가를 찾던 선생님은 머리를 급하게 들다가 책상에 세게 부딪쳤다.

"아야! 어휴, 아파!"

선생님은 두 손으로 머리를 움켜쥐었다. 책상이 흔들릴 만큼 세게 부딪쳤기에 꽤나 아파 보였다. 웃음이 나오려는 걸 꾹 참았다. 그때 지저분하게 쌓인 책과 모니터 사이에 아슬아슬하게 걸쳐 있던 서류 뭉치가 충격에 흔들리더니 책상 위로 떨어졌다. 서류 뭉치 겉에 새겨진 송윤정이란 이름이 보였다. 한동안 머리를 움켜쥐던 손이 책상 위로 내려오더니 립스틱도 바르지 않은 맨 얼굴에 두꺼운 안경을 쓴 얼굴이 나타났다. 송윤정 선생님은 이맛살을 찌푸리더니 지친 눈으로 나를 바라봤다.

"에고, 아파! 자연과학부에 지원하려고?"

지원자를 반기는 목소리가 아니었다. 아파서 그런지, 아니면 정말 반기지 않는 것인지 헷갈렸다. 조금 당황했지만 내색하지는 않았다.

"네! 자연과학부에 지원하려고……."

나는 최대한 당당하게 대답하려고 했지만, 말꼬리를 흐리고 말았다.

"이름이 뭐야?"

"이태경이라고 합니다."

"1학년이지?"

"네."

"몇 반?"

"3반입니다."

선생님은 내 이름과 반을 메모지에 쓰더니 모니터 옆쪽에 붙였다. 그곳에는 학생들 이름과 반이 적힌 메모지를 비롯해 수많은 메모지가 덕지덕지 붙어 있었다. 반과 함께 이름이 적힌 애들이 자연과학부 지원자들인 듯했다. 경쟁률을 확인하려고 숫자를 세려고 했지만 지저분한 메모지가 너무 많아서 몇 명인지 정확히 세기는 어려웠다.

"지원서는 안 쓰나요?"

"방금 지원했잖아? 귀찮게 뭘 그런 걸 써."

"아……, 네!"

나도 모르게 컴퓨터과학부를 담당하는 이명재 선생님 쪽으로 시선이 움직였다 돌아왔다.

"자, 이거!"

선생님이 내게 큼지막한 종이 한 장을 내밀었다.

종이에는 이상한 알파벳과 낯선 영어 단어, 숫자가 빼곡한 표가 그려져 있었다.

"이게⋯⋯?"

도대체 이게 무슨 암호문이란 말인가?

"주기율표야. 한 번도 못 봤어?"

한 번도 본 적이 없다고 하면 떨어뜨릴 것 같아서 얼른 표정을 바꾸었다.

"아뇨. 주기율표는 아는데, 이걸 어떻게 하라고?"

"어떻게 하긴 뭘 어떡해? 외워!"

"네?"

"외울 수 있는 데까지 외우라고."

"이걸⋯⋯ 왜?"

"자연과학부에 들어오려면 주기율표는 외워야지. 어렵지 않으니 그냥 외울 수 있는 데까지만 외워."

주기율표를 들여다봤다. 이걸 어떻게 다 외울지 막막했다.

"다음 주 월요일 방과후에 제2과학 실험실에서 면접을 볼 거야. 종례 끝나면 곧바로 와. 알았지?"

"⋯⋯네⋯⋯. (ㅜ.ㅜ)"

말을 마친 송윤정 선생님은 다시 책상 아래로 몸을 들이밀고 뭔가를 찾았다.

"이게 도대체 어디에 있는 거야……."

나는 잠깐 동안 지저분한 책상과 어수선한 선생님을 번갈아보다가 들리지 않게 한숨을 내쉬고 교무실을 빠져나왔다.

"그거 지원서야? 근데 뭐가 그렇게 커?"

우현이가 내 손에 들린 종이를 보더니 물었다.

"자연과학부는 지원서가 따로 없대."

"그래? 그럼 그건 뭔데?"

큰 종이를 우현이에게 보여 줬다.

"이거 주기율표잖아."

"네가 주기율표를 알아?"

"과학 학원에서 본 적 있어. 근데 주기율표는 왜?"

"외우래."

"이걸 다?"

"몰라! 외울 수 있는 데까지 외우라는데……, 다 외우라는 건지 몇 개만 외우면 된다는 건지 모르겠어."

"학원에서는 20번까지만 외우면 된다고 했는데."

"20번? 그래도 될까?"

자신감이 조금 생겼다.

"학원에서는 그렇게 말했는데……, 그 선생님은 또 모르지. 그나저나 원소 기호마다 뭐 이렇게 복잡한 정보가 많아? 학원에서는 원자 번호와 이름, 원소 기호만 외우라고 했는데…….”

우현이가 걱정스럽게 말했다. 우현이 말처럼 원소 기호마다 숫자와 글씨가 넘쳐나서 다 외우려면 얼마나 시간이 걸릴지 모를 노릇이었다.

“넌 좋겠다. 안 외워도 되고.”

“야, 넌 이 지원서를 보고도 그런 말이 나오냐?”

우현이는 지원서를 근심 어린 표정으로 한참을 살폈다.

“이거, 어떻게 쓰지? 막막하네.”

우리는 각기 다른 이유로 풀이 죽었다.

그때부터 나는 미친 듯이 주기율표를 외웠다. 영어가 읽기 어려워서 인터넷을 검색해서 발음을 모조리 한글로 적었다. 숫자도 다 외웠다. 그게 무슨 의미인지도 모르고 그냥 통째로 외웠다. 재미도 관심도 없는 걸 외우려니 아무리 외워도 헷갈렸다. 넷째 줄까지는 그나마 외울 만한데 다섯째 줄부터는 이름도 비슷하고 숫자도 복잡해서 수백 번을 봐도 외우기 어려웠다. 그 바람에 주말에 놀지도 못하고 책상에 앉아 있어야만 했다.

드디어 월요일이 왔다. 틈만 나면 주기율표를 들여다봤다. 최선을 다했지만 시간이 다가올수록 불안감이 올라왔다. 종례 시간에는 손까지 떨렸다. 급식을 빨리 먹을 수 있는 유일한 기회를 놓치지 않아야 한다는 열망이 나를 긴장으로 몰아넣었다.

종례가 끝나자마자 제2과학 실험실로 갔다. 실험실 앞에서 심호흡을 여러 번 했다. 문을 열고 들어갔다. 허무하게도 면접에는 열한 명밖에 오지 않았다. 열 명을 뽑는데 열한 명이 왔으니 경쟁률은 1.1대 1이었다. 더구나 면접에 온 열한 명 중 한 명은 주기율표를 아예 외워 오지도 않았다. 수소가 주기율표 가장 앞자리에 있는 원소인지도 모르는 녀석이었다.

나는 수소만 외우면 되었다.

"우리말로 수소, 영어로는 Hydrogen, 원소 기호는 H, 원자 번호는 '1', 원자량(이게 뭔지 모르지만)은 1.008. 우주에서 가장 흔한 원소로 스스로 타고 폭발하는 성질이 있으며, 수소가 핵융합을 하면서 에너지를 분출하기에 지구에 생명체가 살 수 있습니다."

수소 하나만 외우면 합격이었는데……, 그 수많은 시간을 쓸 데 없는 걸 외우는 데 쓰다니……. 합격했지만 그동안 들였던 노력이 허망해서 기운이 쑥 빠졌다. 기뻐야 하는데 기쁘지 않았다.

그다음 날이 되자 나는 내가 무슨 성취를 이루었는지 실감했다. 급식 시간이 되었을 때, 나는 가장 앞자리에 섰다. 20분을 기다리지 않아도 될 뿐 아니라, 심지어 3학년들보다 먼저 먹을 수 있었다. 늘품중학교에 다니는 내내 내가 누릴 권리였다. 내가 자연과학부에서 잘리지 않는 한 계속 누릴 수 있는 특권이었다. 주기율표를 미친 듯이 외우느라 들였던 고통스런 시간은 밥 한 숟가락이 입에 들어가는 순간, 깔끔하게 사라졌다.

권우현은 며칠 뒤 어렵게 컴퓨터과학부에 합격했고, 나와 함께 특권을 누리게 되었다.

He
그것은 과학이 아니야

박채원

He 헬륨(Helium). 원자 번호 2.
우주에서 수소 다음으로 가볍고 흔한 원소.
비활성 기체로 다른 원소와 잘 반응하지 않는다.

밖에 나가면 햇살이 조금씩 따갑게 느껴져 선불리 햇볕 아래로 나가기 꺼려지는 5월이 열린 지 얼마 되지 않은 날이었다. 우리 반에 '트윈스민턴' 열풍이 불었다. 트윈스민턴이란 배드민턴과 비슷한 운동으로 네트를 사이에 두고 셔틀콕을 치고 받는 운동이다. 배드민턴은 라켓이 하나지만 트윈스민턴은 라켓이 두 개다. 라켓도 배드민턴과 달라서 손잡이에 셔틀콕을 치는 게 달려 있는데, 그물망이 아니라 탄력 있는 고무 모양이다. 두 손을 빠르게 모두 사용해야 해서 몇 분만 경기를 해도 땀이 난다. 배드민턴보다 좁은 공간에서 할 수도 있고 아주 재미있는 운동이었다. 6학년 담임 선생님이 가르쳐 준 운동인데 반 애들이 모두 좋아해서 다들 점심시간만 되면 트윈스민턴을 즐겼다. 트윈스민턴 덕분에 반 분위기도 아주 좋아졌다.

재미나게 트윈스민턴을 즐기던 어느 날, 예상치 못한 문제가 생겼다. 그날은 유난히 햇살이 뜨거웠다. 그럼에도 우리 반 애들은 점심시간에 나가서 신나게 트윈스민턴을 즐겼다. 날씨가 무척 더웠지만 운동할 때는 더운 줄도 몰랐다. 땀을 흠뻑 흘리며 트윈스민턴을 즐기고 난 뒤에 우리는 5교시 수업을 하러 우르르 교실로 들어왔다. 라켓과 셔틀콕을 교실 뒤에 정리하고 모두들 자기 자리에 앉았다. 조금 뒤 선생님이 들어오고 수업을 하는데 묘하게 머리가 아팠다. 몸은 멀쩡한데 그냥 머리만 아팠다. 수업에 피해를 주기 싫어서 참아 보려고 했으나 견디기 힘들었다. 하는 수 없이 선생님께 머리가 아파서 수업하기 힘들다고 말하고 보건실로 향했다.

관자놀이를 누르며 빠른 걸음으로 교실을 빠져나왔다. 복도를 나와 조금 걷는데 이상하게도 통증이 조금씩 줄어들더니 계단에 이르렀을 때는 두통이 사라졌다. 까닭 모를 일이었다. 일단 나왔으니 보건실에 들러서 두통약을 먹고 다시 교실로 돌아왔다. 교실 문 앞까지는 괜찮았다. 그런데 문을 열자마자 이상한 기운이 몰려오면서 다시 통증이 밀려들었다. 나는 얼른 교실 문을 닫았다. 문을 닫고 복도에 서 있으니 괜찮았다.

'왜 이러지?'

다시 문을 열었다. 문을 열기만 했는데도 머리가 아파 왔다.

'내게 수업 거부증이라도 생겼나?'

문을 살짝 닫았다. 괜찮았다. 다시 열었다. 머리가 아파 왔다. 그렇게 여러 번 반복했더니 두통을 일으키는 원인이 무엇인지 눈치를 챘다. 바로 냄새였다. 아주 묘한 냄새였다. 점심시간에 땀을 뻘뻘 흘리며 운동한 뒤에 나는 땀 냄새는 늘 맡기에 이미 적응을 했다. 땀 냄새를 맡는다고 이런 두통이 생길 리는 없었다. 그러다 교실 뒷면에 새롭게 설치한 게시판이 의심스러웠다. 어제 학생들이 하교한 뒤에 공사를 했는데 아무래도 새로 설치한 게시판에서 나는 냄새가 아닐지 의심스러웠다. 그렇지만 곰곰이 생각해 보니 딱히 게시판도 원인은 아닌 듯했다. 새 게시판에서 냄새가 난다면 오전에 증상이 나타나야 했다. 다른 애들은 다들 괜찮은 듯했다. 혹시 누가 냄새 나는 음식이나 물건을 몰래 숨겨 두었는지도 모른다. 만약 그랬다면 가방을 뒤져 보지 않는 이상 알 수가 없다. 뾰족한 해결책이 없기에 어쩔 수 없이 참아야 했다. 두통약을 먹어서 그나마 통증은 많이 가라앉았지만 냄새로 인한 불쾌함은 오후 내내 사라지지 않았다.

그다음 날, 학교에 일찍 와서 냄새를 맡았다. 어제 내게 고통을 주던 냄새는 없었다. 혹시 몰라 환기를 시키고 교실 구석구석에 의심스러운 물건이 없는지 샅샅이 수색했다. 의심할 만한 물건은 없었다. 오진은 쾌청했고 별다른 냄새가 나지 않았다. 점심시간이 가까워지면서 약간 꺼림칙한 냄새가 났지만 머리가 아플 정도는 아니었다. 점심을 빨리 먹고 우리는 또다시 신나게 트윈스민턴을 즐겼다. 신나게 운동을 하니 냄새로 인한 괴로움이 씻은 듯이 사라졌다. 5교시 수업을 하러 다시 교실에 들어왔을 때, 어제 나를 괴롭히던 냄새가 또 났다. 또다시 깨질 듯

수상한 과학실, 빵을 탐하다

이 머리가 아팠다. 도저히 수업에 집중할 수가 없었다. 가만히 보니 수업을 하시는 선생님도 가끔 이맛살을 찌푸리고, 관자놀이를 매만졌다. 선생님도 냄새를 맡은 게 분명했다.

에어컨을 켰음에도 선생님은 자꾸 환기를 시키라고 했고, 애들은 더운 공기가 들어온다며 투덜거렸다. 어제도 보건실에 갔는데 또다시 보건실에 갈 수는 없어서 참았지만, 선생님 말씀이 전혀 들리지 않을 만큼 괴로웠다. 수업이 끝나자마자 복도로 탈출했다. 그제야 고통이 가셨다. 그런데 나와 비슷하게 두통을 호소하는 애들이 서너 명 보였다. 걔들은 영문도 모른 채 머리가 아프다고 힘들어했다. 나는 종례를 끝내고 교무실로 가는 선생님을 따라갔다. 선생님은 양쪽 엄지손가락으로 관자놀이를 툭툭 치며 자리에 앉았다.

"선생님! 드릴 말씀이 있는데요."

나는 곧바로 선생님께 인사를 드렸다.

"어! 채원이구나! 무슨 일인데?"

선생님은 관자놀이를 지그시 누르며 인상을 찌푸렸다. 내 눈길은 자연스럽게 선생님 손끝으로 향했다.

"아, 너 때문이 아니야. 머리가 좀 아파서! 무슨 일이야?"

선생님은 억지로 상냥한 웃음을 지으려 했지만, 웃음은 채 피지 못한 꽃처럼 일그러졌다.

"이런 말씀을 드려도 될지 모르지만……."

"괜찮아. 무슨 일인데?"

"저, 교실에서 이상한……."

선생님은 관자놀이를 누르던 손을 떼고 심각한 표정이 되었다.

"이상하다니, 뭐가?"

"이상한…… 냄새가 나요."

선생님은 냄새란 낱말을 듣더니 고개를 한쪽으로 툭 떨구고는 다시 손으로 관자놀이를 눌렀다. 분홍빛 립스틱을 바른 입술이 기묘하게 움찔거렸다.

"내가 냄새에 워낙 예민해서 나만 괴로운 줄 알았더니, 너도 꽤나 냄새에 예민한 모양이구나."

"아뇨. 저는 그다지 냄새에 예민한 편은 아닌데, 이번엔 유난히 머리가 아파서요."

"어제도 그래서 보건실에 간 거니?"

"네!"

"애들 땀 냄새 때문인가?"

선생님이 내게 하는 질문인지 스스로에게 하는 질문인지 헷갈렸지만 나는 그냥 내 생각을 말했다.

"그저께까지는 전혀 냄새가 안 났어요."

"냄새가 어제부터 났지?"

"네!"

선생님은 원인을 따져 보더니 중얼거렸다.

"게시판 공사 때문인가……."

"제가 의심스러워서 직접 게시판 냄새를 확인해 봤는데 게시판에서 나는 냄새와는 달랐어요."

"원인을 모르니, 참 답답하네. 그렇다고 애들에게 냄새 난다고 함부로 말할 수도 없고."

냄새는 조심스러운 문제다. 함부로 냄새 난다고 의심을 하면 모욕감을 느끼는 애들이 생긴다. 잘못하면 냄새 때문에 애들 사이가 틀어질 가능성도 있다. 애들은 냄새에 민감해서 누군가 냄새가 나면 그 애를 바로 따돌린다. 심한 경우에는 냄새가 안 나는데도 냄새가 난다고 딱지를 붙여서 따돌리기도 한다. 선생님도 그런 사정을 잘 알기에 조심하는 듯했다.

"일단 알았으니 가 봐. 내일도 냄새가 나면 무슨 조치를 취해야지."

다음 날, 5교시가 되자마자 또 같은 냄새가 났다. 오전까지는 안 나다가 땀을 흠뻑 흘린 뒤인 5교시부터 냄새가 나니 땀 냄새는 아니라고 할지라도 분명히 땀과 관계가 있을 듯했다. 선생님은 애들을 잘 살피면서 가끔 환기를 하라고 지시를 했다. 환기를 하면 냄새가 옅어졌지만, 환기로만 해결할 문제가 아니었다. 종례가 끝나자 선생님은 나를 따로 불렀다.

"오늘은 어땠어?"

"어제보다 더 심했어요."

"그치? 나도 더 견디기 힘드네."

"원인은 알아내셨어요?"

"얼추 어림은 가는데, 함부로 말할 수는 없어."

선생님은 부드러운 웃음을 머금었다.

"뭔가 조치를 취해야겠다."

"어떻게 하시게요?"

"일단은 디퓨저를 몇 개 사서 놔 봐야지."

"효과가 있을까요?"

"일단 해 보고, 안 되면 다른 방법을 써야지."

다음 날 아침, 선생님은 디퓨저를 교실 귀퉁이 네 곳에 놓았다. 그러고는 절대 건드리지 못하게 주의를 주었다. 디퓨저를 놓자 교실에 좋은 냄새가 가득했다. 좋은 향기가 나니 애들도 다들 기분이 좋아져서 학업 분위기도 좋았다. 다시 점심시간이 오고 우리는 땀을 뻘뻘 흘렸고, 수업 시간에 맞춰 교실로 돌아왔다. 처음에는 디퓨저 덕분에 냄새가 안 나는 듯했지만, 몇 분 지나지 않아 디퓨저에서 나던 향기는 괴상한 냄새에 짓눌려 버렸다. 좋은 향기를 맡다가 안 좋은 냄새를 맡으니 머리가 더 아팠다. 선생님도 나와 마찬가지였다. 몇몇 애들은 대놓고 인상을 찌푸렸다. 그래서 그런지 몰라도 수업 분위기는 오전과 달리 엉망이었다.

종례를 마치고 애들이 다 나갈 때까지 나는 교실에서 기다렸다. 선생님도 나가지 않고 교실에 남아 있었다. 선생님은 교실 곳곳을 다니며 냄새를 맡아 보고는 선생님 자리로 돌아왔다.

"디퓨저로는 안 되겠네."

"오전에는 참 좋았어요."

"냄새를 못 견디는 애들이 늘었지?"

"네. 승은이랑 민지는 아예 대놓고 투덜거렸어요."

"지금은 몇 명이지만 냄새가 진해지니 앞으로 점점 더 많아지겠구나. 걱정이네."

선생님은 심각한 표정이 되었다.

"그러기 전에 대책을 세워야 하는데……."

선생님은 책상을 손가락 끝으로 토도독 건드렸다.

"그나저나 디퓨저는 왜 안 통한 거죠?"

"디퓨저는 강한 향료로 다른 냄새를 맡지 못하게 하는 원리야."

"아! 그럼 우리 반에서 나는 냄새가 디퓨저 향기보다 심해서 효과가 없는 거군요?"

"그렇지. 아무래도 냄새를 없앨 방법을 한꺼번에 시도해야겠다. 내가 주말에 이것저것 준비할 테니 다음 주 월요일에 조금 빨리 와서 나 좀 도와줄래?"

"네! 혹시 다른 애들도 부를까요?"

"그럼 좋고."

"그럼 승은이랑 민지한테 빨리 오라고 할게요."

월요일 아침, 나는 일찍 학교로 갔다. 민지는 나보다 먼저 와 있었고, 승은이는 나보다 조금 뒤에 왔다. 우리는 선생님 차에 실린 물건을 교실로 날랐다. 나를 물건이 많고 무거운 화분도 있어서 세 번이나 주차장과 교실을 오가며 물건을 날라야 했다.

먼저 선생님은 숯을 담은 바구니를 교실 뒤편 사물함과 선생님 책상 위에 두도록 했다.

"선생님, 숯은 왜 필요하나요?"

민지가 질문했다.

"숯은 구멍이 아주 많은 다공성 물질이라 냄새 제거에 아주 좋아."

선생님 설명을 듣고 나서야 어릴 때 우리나라 전통을 알려 주는 책에서 숯에 관한 글을 읽은 기억이 났다.

"옛날에 장을 담글 때 숯을 넣었다는 글을 읽은 적이 있어요."

내가 말했다.

"그렇지! 숯이 냄새와 유해균을 흡수하는 능력이 탁월하니 옛날 사람들도 그걸 이용했을 거야."

"참 신기해요. 과학이 발전하지 않은 옛날에 어떻게 숯이 그런 효능이 있는지 알아냈을까요?"

"글쎄, 어쩌면 옛날에 과학이 발전하지 않았다는 생각이 틀렸을지도 모르지."

숯을 배치한 뒤에는 좋은 향이 나는 화분을 교실 귀퉁이 네 곳에 놓았다. 화분에는 '후피향나무'란 이름표가 달려 있었다. 후피향나무 잎 모양이 트윈스민턴을 할 때 쓰는 채와 엇비슷했다. 잎이 풍성하고 꽃이 피지 않았는데도 꽃향기가 났다. 후피향나무가 교실 네 귀퉁이에 놓이니 교실 분위기가 훨씬 부드러워졌다.

"선생님, 이 종이 상자에 있는 물건들은 어떻게 해요?"

종이 상자에는 석고 가루와 정제수라고 쓰인 병, 영어가 쓰인 작은 유리병, 종이컵, 고무 틀 등이 들어 있었다.

"아, 그건 천연 방향제를 만드는 재료야. 과학 수업 때 쓸 거니까 선생님 책상 아래에 가져다 놔."

아침 조회 시간에 선생님은 애들에게 나무와 숯을 잘 관리해 달라고 부탁했고, 책임자도 지정했다.

3교시가 되자 선생님은 종이 상자를 교탁에 올려놓았다.

"오늘은 다 같이 천연 방향제를 만들어 볼 거야."

애들은 공부 대신 만들기를 한다고 하니 모두 신나서 소리를 질렀다. 우리는 4명이 한 모둠이 되어 앉았다. 선생님은 천연 방향제를 만드는 방법을 간단히 설명해 주었고, 우리는 그 설명에 따라서 천연 방향제를 만들었다. 먼저 석고 가루를 컵에 붓고, 선생님이 알려 주는 비율에 맞춰 정제수와 석고 가루를 섞었다. 나무막대기로 석고 가루와 정제수를 잘 섞었는데, 기포가 생기지 않도록 한 방향으로만 저었다. 흰색인 석고 가루에 색을 내는 가루를 첨가했는데 우리 모둠은 초콜릿색 가루를 골랐다. 그다음 살짝 녹은 아이스크림처럼 된 석회를 초콜릿을 만들 때 쓰는 앙증맞고 예쁜 고무 틀에 부으니 진짜 초콜릿처럼 보였다. 석고가 마를 때까지 기다리는 사이에 선생님이 작은 병을 나눠 주었는데, 향기를 내는 오일이라고 했다. 오일을 석고에 몇 방울 떨어뜨리고 석고에 완전히 흡수될 때까지 기다렸다. 이렇게 만든 천연 방향제를 망사로 된 작은 천에 넣고 묶은 뒤 각자 책상에 하나씩 달았다.

모든 걸 다 끝내고 나니 점심시간이었다. 우리는 여느 날과 마찬가지로 밥을 먹고, 신나게 트윈스민턴을 즐긴 뒤 5교시에 교실로 돌아왔다. 교실에는 향기가 가득했다. 아주 상쾌했다. 디퓨저만 놓았을 때와 달리 좋은 향이 바로 사라지지도 않았다. 이상한 냄새는 전혀 나지 않았다. 드디어 고약한 냄새가 사라진 것이다. 효과는 악취가 사라진 데서 멈추지 않았다. 교실에 은은한 향이 퍼지면서 교실 분위기가 아주 좋아졌고, 짜증을 내거나 다투는 애들도 확연히 줄어들었다. 아무래도 좋은 향이 아이들 감정에도 영향을 끼친 듯했다. 6학년인 데다 사춘기가 온 애들도 있어서 교실에서는 종종 아무것도 아닌 일로 다툼이 일어나기도 했다. 짜증 섞인 말들이 오가는 경우도 많았다. 선생님이 우리에게 트윈스민턴을 권한 이유도 다툼과 짜증을 줄이기 위함이었다. 그런데 악취를 제거하려고 취한 조치가 다툼과 짜증을 없애는 효과까지 발휘한 것이다.

선생님은 그 뒤로도 향기가 나는 오일에 변화를 주고, 디퓨저도 시간이 지나면 바꿔 주었다. 향기가 나는 화분도 계속 들여와서 반이 마치 수목원 같은 느낌이 들었다. 우리 교실은 향기가 풍성했고, 그 어느 반보다 학업 분위기가 좋고 반 친구들끼리 서로 친밀하기로 소문이 났

수상한 과학실, 빵을 탐하다

다. 그때 6학년 담임 선생님이 냄새가 난다고 애들을 지적하고 냄새 안 나게 조심하라고 했거나, 냄새가 난다며 대놓고 방향제를 뿌리게 했다면 그렇게 사이가 좋은 반이 되지 못했을 것이다. 선생님은 좋은 향기와 천연 방향제로 자연스럽게 악취를 없앴고, 그 때문에 6학년 생활은 더할 나위 없이 좋았다.

그 일을 겪으며 나는 향기에 깊은 관심이 생겼고, 기분 전환을 할 때 향기를 종종 사용하는 습관이 들었다. 아침에 나갈 때는 내가 좋아하는 향을 꼭 몸에 뿌렸다. 공부를 하거나 책을 읽다가 집중력이 떨어질 때 로즈마리 향을 맡으면 떨어진 집중력이 올라가고 기억도 더 잘됐다. 내 방에 향이 좋은 허브 화분도 몇 개 두었다. 향기도 좋지만 눈도 편안해졌다. 후각이 그리 예민한 편이 아니었는데 향기를 가까이 하다 보니 후각이 점점 민감해졌다.

그 일이 있고 나서 그해 9월 어느 날, 아빠와 함께 국립생태원에 놀러갔을 때였다. 오전에는 이것저것 자유롭게 구경을 했고, 점심을 먹은 뒤에는 해설사가 들려주는 설명을 들으며 이것저것 구경을 했다. 한창 재미나게 해설을 들으며 구경하는데 한 번도 맡아 본 적이 없는 은은한 향이 나를 잡아 끌었다. 좋은 향을 맡으면 마음이 차분해지는 경험은 여러 번 했지만 그때는 그런 수준이 아니었다. 마치 천사가 내 영혼을 어루만지는 듯 행복한 충만감이 나를 휘감았다.

나는 실례가 되는 줄 알면서도 해설사가 하는 설명을 끊고 질문을 했다.

"선생님! 이 향기가 대체 뭐죠?"

해설사는 빙그레 웃으며 나를 바라보았다.

"안 그래도 다음에 설명할 거였는데……. 혹시 학생은 샤넬 No.5라고 알아요?"

물론 들어 본 적은 있다. 나는 고개를 끄덕였다.

"바로 샤넬 No.5 향을 만드는 꽃이에요. '금목서'라는 이름의 꽃인데 향기가 만리를 간다고 해서 '만리향'이라고도 불러요."

금목서보다는 만리향이란 이름이 훨씬 어울렸다.

해설사는 우리를 만리향이 핀 곳으로 이끌었다. 해설사는 만리향에 대해 자세히 설명을 했는데 나는 향기에 빠져서 설명을 제대로 들을 수가 없었다. 굳이 설명을 듣지 않아도 샤넬 No.5에 왜 만리향을 썼는지 향기가 모든 것을 말해 주었다. 그만큼 만리향에서 흘러나온 향기에 나는 완전히 매료되었다. 그날, 나는 내 꿈을 정했다. 향기를 만드는 사람이 되겠노라고. 향기를 만들어 나도 행복하고 사람들도 행복하게 해 주겠노라고.

향기를 만드는 사람이 되겠다는 꿈을 이루려면 과학을 잘해야 한다. 그래서 꿈이 생긴 뒤로 그때까지 그리 좋아하지 않았던 과학 공부를 아주 열심히 했다. 중학교도 과학부로 유명한 늘품중학교를 지원했다. 입학해서 며칠 뒤 자연과학부 모집 공고가 뜨자마자 나는 바로 지원을 했다. 지원을 하고 나서 엄청 긴장을 했는데 뜻밖에도 경쟁률은 아주 낮았다. 과학 좀 한다는 애들이 전부 컴퓨터과학부에 몰렸기 때문이다. 컴퓨터과학부는 10명을 뽑는데 60명이 넘게 지원했다. 지원자가 워낙 많아서 처음에는 10명을 뽑으려고 했는데 14명으로 늘렸다고 한다.

자연과학부 경쟁률이 낮아서 다행이긴 한데 기분이 썩 좋지는 않았다. 알고 보니 늘품중학교는 컴퓨터과학부만 유명하고 자연과학부는 별 볼 일 없었다. 내가 들었던 소문과는 달라서 조금 당황했다. 아무래도 소문을 들을 때 '과학부'란 말에 꽂혀서 과학부를 수식하는 '컴퓨터'란 말을 제대로 못 들은 모양이었다. 어쨌든 일은 벌어졌고 나는 조금 실망한 채 면접 준비를 했고, 다행스럽게도 자연과학부에 합격했다.

합격 공고가 뜬 다음 날, 곧바로 과학부 모임에 가야 했다. 자연과학부는 점심시간마다 제2과학 실험실에 모여서 공부를 하고, 금요일에는 방과후에 별도로 남아서 활동을 한다. 밥도 전교생 가운데 가장 먼저 먹었다. 1학년은 20분을 기다려야 하는데 맛있는 급식을 기다리지 않고 먹으니 기분이 좋았다. 자연과학부가 되자마자 혜택을 받으니 무척 기뻤다.

밥을 빨리 먹고 과학 실험실로 갔다. 나를 포함해 여자가 다섯, 남자가 넷이었다. 모두 조용히 앉아 선생님을 기다렸다. 곧이어 화장기가 전혀 없는 얼굴에 머리를 질끈 묶고 청바지에 반소매 옷을 입은 송윤정 선생님이 나타났다. 손에는 빨간 풍선이 들려 있었다. 과학 지식을 많이 아는 똑똑한 선생님 같지는 않았다. 지저분한 교무실 책상 밑을

뒤지다 머리를 부딪치며 아파하던 모습이 겹쳐지며 믿음이 생기지 않았다. 선생님이 뭔가를 하려고 할 때 실험실 문이 열리며 볼이 통통한 남자애가 들어왔다. 지각이었다. 남자애는 머리를 긁적이며 구석에 앉았다.

송윤정 선생님은 우리를 한 번 휙 둘러보더니 풍선을 입에 댔다. 그러고는 풍선에 든 공기를 쭉 들이마셨다.

"안녕! 얘들아!"

아기처럼 가늘고 귀엽고 빠른 목소리였다. 예상치 못한 상황에 반 아이들은 깔깔거리며 웃었다.

"내 목소리가 왜 이러지?"

귀엽고 빠른 목소리에 다시 웃음이 터졌다.

"내가 물었잖아. 내 목소리가 왜 이상하게 변할까?"

몇몇 애들은 웃음을 멈추고 몇몇은 계속 웃었다.

"헬륨을 마셔서요."

선생님 바로 앞에 꼿꼿하게 바른 자세로 앉아 있던 남학생이 대답했다.

"그래, 홍성현! 헬륨이야. 그런데……."

선생님 목소리가 조금씩 원래대로 돌아왔다. 선생님은 다시 헬륨을 들이마셨다.

"헬륨을 마시면 왜 목소리가 이렇게 변할까?"

목소리는 다시 이상하게 변했다. 몇몇 애들은 다시 키득거렸지만,

수상한 과학실, 빵을 탐하다

대부분은 웃지 않았다. 그때 가장 늦게 들어온 남자애가 손을 들었다.

"그래 이태경! 말해 볼래?"

목소리가 이상해서 이태경이란 이름도 이상하게 들렸다.

"스마트폰으로 검색하면 안 되나요?"

이태경이 장난스럽게 말했다.

"검색하면 금방 답을 알겠지. 그런데 그래서 뭐 하게?"

"네?"

이태경은 당황한 듯 멍한 표정을 지었다.

"검색해서 뭐 할 거냐고?"

선생님 목소리가 점점 원래대로 돌아왔다. 검색해서 뭐 할 거냐는 말이 조금 강하게 들렸다. 지원하러 가서 처음 본 모습과는 완전히 달랐다. 전혀 다른 두 모습에 이질감이 들었다. 송윤정 선생님은 반쯤 줄어든 헬륨 풍선을 살살 흔들며 이태경을 뚫어지게 쳐다봤다. 이태경은 고개를 갸웃거리더니 어깨를 으쓱했다.

"해답을 알게 되겠죠."

"그렇게 해답을 알아서 어떤 도움이 되는지 묻는 거야."

"그야, 지식을……."

"그게 참된 지식일까?"

이태경이 하는 말을 선생님이 중간에 잘랐다.

"아니면 온 세상에 흘러넘치는 별 가치 없는 수많은 정보 가운데 하나가 될 뿐일까?"

이태경은 멍하니 선생님을 보기만 하고 입도 벙긋 못 했다. 그런 이태경을 한동안 쳐다보던 선생님은 우리들 한 명 한 명과 모두 눈을 마주쳤다.

"너희들은 뭔가를 알고 싶으면 아주 쉽게 검색을 해. 아주 편리한 세상이지. 궁금증을 금방 해결하니 좋기는 해. 그렇지만 그게 정말 좋기만 할까?"

아무도 대답하지 않았다. 헬륨은 가벼운데 실험실 분위기는 아주 무거웠다.

"과학자는 미지를 탐구하는 모험가야. 모험을 잘하려면 모험을 이겨 내는 힘이 있어야 해. 물론 모험을 잘하려면 풍성한 사전 지식도 있어야지. 그렇지만 지식을 많이 쌓았다고 해서 모험을 잘할 수는 없어. 지식을 모험에 써 먹을 줄 알아야 하고, 아는 지식을 활용해 새로운 지식을 발견할 줄도 알아야 해."

선생님은 모험가처럼 교탁 위를 좌우로 오고 갔다.

"자연과학부는 그 힘을 기르는 곳이야. 검색을 하려면 컴퓨터나 두들기는 곳으로 가! 아, 참, 늦었지. 컴퐈는 모집이 끝났구나."

선생님은 불쾌한 표정을 짓더니 헬륨 풍선을 다시 입으로 가져갔다. 선생님은 풍선에 남은 헬륨을 모조리 다 마셨고, 헬륨을 다 빼앗긴 풍선은 바닥으로 떨어졌다.

"생각해 봐."

또다시 이상한 목소리가 나왔지만 아무도 웃지 않았다.

"헬륨을 마셨는데 왜 목소리가 이렇게 나올까?"

그때 볼이 통통한 남자애, 그러니까 이태경이 다시 손을 들었다.

"새로운 생각이 났어?"

"헬륨이 목을 간지럽히는 게 아닐까요?"

헬륨이 목을 간지럽히다니, 어처구니없는 생각이었다. 그렇지만 이태경은 아주 자신감이 넘쳤다.

"왜 그렇게 생각하지?"

"네?"

"왜 헬륨이 목을 간지럽혔다고 생각하느냐고?"

"그건……."

이태경은 몸을 비비꼬더니 우스꽝스런 몸짓을 했다. 무거운 분위기에 짓눌려 있던 애들이 피식피식 웃었다.

"이게 제 몸으로 표현한 헬륨이거든요. 제가 헬륨이라면 어떨지 생각해 보니 그게 가장 그럴듯해서."

조용히 웃던 애들이 박장대소를 했다. 선생님도 따라 웃었고, 나도 따라 웃었다.

"몸으로 생각하기! 아주 좋아!"

선생님이 칭찬하자 이태경이 거만한 표정을 지었다.

"접근하는 태도는 좋은데, 설득력은 전혀 없네."

이태경은 볼록 튀어나온 볼을 두 손으로 두드리더니 입을 삐죽 내밀고는 자리에 앉았다. 선생님은 다른 학생들과 눈을 마주치며 새로운 답변을 기다렸다. 내 눈과도 마주쳤는데 나는 얼른 눈을 피해 버렸다. 뭐라도 말하고 싶은데 적당한 생각이 떠오르지 않았다.

"성대에 어떤 작용을 하는 게 아닐까요?"

실험실에 들어올 때부터 눈길을 끌었던 여자애였다. 외모가 워낙 뛰어나서 딱 봐도 인기가 많을 듯했다.

"어떤 작용?"

"성대를 부드럽게 한다든지, 아니면 성대를 마비시킨다든지."

"헬륨이 지닌 어떤 특성이 그런 작용을 하는 걸까?"

"그건, 잘……."

"그래. 주현이 접근은 완전하지 않지만 그럴듯한 가설이야. 그렇지만 헬륨이 지닌 특성과 가설 사이에 연관성이 부족해."

그때 주현이 옆에 앉은 남자애가 손을 들었다. 눈이 초롱초롱하고 번뜩였다. 딱 봐도 똑똑해 보였다.

"김성우, 말해 봐."

"혹시 헬륨이 가볍다는 성질과 관계가 있나요?"

김성우가 물었다.

"관계가 있다면……?"

"헬륨은 다른 기체보다 가볍고…… 헬륨을 마셨다면 입과 목청에 가벼운 헬륨이 가득하다는 말인데…… 만약 헬륨이 성대에 직접 영향을 끼친 게 아니라면……, 목청에서 만들어진 소리가 입 밖으로 나올 때 헬륨 때문에 소리가 변형되었다고 볼 수밖에 없을 듯해요."

김성우가 중간 중간 틈을 주며 생각을 펼쳐 나갔다. 내가 들어도 꽤나 그럴듯한 논리였다.

"왜 소리가 변형될까?"

선생님 질문은 김성우가 제대로 접근하고 있다는 증거였다.

"목소리는 공기를 울리고 전해지는 진동이잖아요. 헬륨이 일반 공기보다 가벼우니…… 아마…… 그것 때문에 진동이 바뀐 게 아닐까……."

"훌륭한 가설이야."

선생님은 분필을 들더니 칠판에 '가설'이란 낱말을 썼다.

"그 가설을 검증하기만 한다면 적절한 설명으로 채택될 수 있을 거야."

이쯤이면 보통 답을 알려 주어야 하는데 선생님은 가설을 검증하면 적절한 설명이라고만 말하고 더는 그에 대해 말하지 않았다. 궁금하고 답답했지만 설명해 달라고 하지는 않았다.

"너희는 헬륨을 마시고 목소리가 이상하게 바뀌는 경우를 숱하게 보았을 거야. 그런데 아무도 왜 그런 현상이 일어나는지 궁금해하지 않았어. 설혹 그런 궁금증이 일었다 해도 금방 검색을 하거나, 선생님이 가르쳐 준 대로 받아들이고 말았어. 그건……."

송윤정 선생님은 말을 잠시 멈추고 우리들 한 명 한 명을 눈으로 훑었다.

"과학이 아니야."

단호한 선언이었다.

"과학은 생각하는 학문이야. 그런데 너희들은 과학을 암기하는 과목으로만 여겨. 쉽게 얻은 지식은 쉽게 나가는 법이야. 나는 쉬운 방법이 아니라 어려운 방법으로 지식을 습득하게 할 거야. 앞으로 나는 끊임없이 너희들에게 질문할 거야. 아니, 너희들 스스로 질문하게 할 거야. 그리고 질문을 했으면 가설을 세우고, 그 가설이 맞는지 안 맞는지 스스로 탐구하도록 할 거야. 그게 자연과학부에서 너희들이 할 활동이야. 알았지?"

아무도 대답하지 않았다. 스스로 질문하고 가설을 세우고 탐구하라고 하니 막막했다. 왜 선배들이 자연과학부가 별로라고 하는지, 왜 인기가 없는지 알 듯했다. 제대로 가르쳐 주지 않고 질문을 하면 스스로 알아보라고 맡겨 버리니, 갑갑할 수밖에 없을 것이다. 그러면서도 한편으로는 뭔지 모를 기대감이 들기도 했다. 이제껏 한 번도 경험하지 못한 새로운 배움을 얻을 수도 있겠다는 기대 때문이었다. 어쨌든 나는 새로운 향기를 만들고 싶고, 그러려면 모험가와 창조자가 되어야 하니까.

송윤정 선생님이 손목에 찬 시계를 힐끔 보았다. 그러고 보니 거의 끝날 시간이었다.

"선생님!"

홍성현 옆에 앉아 있던 김정민이 손을 들었다. 김정민은 초등학교 때 짝꿍인 적이 있어서 내가 잘 안다.

"그거 숙제인가요?"

"뭐가?"

"헬륨이 목소리를 변화시키는 원리를 저희가 알아 와야 하는 건가요?"

김정민다운 질문이었다.

"숙제는 무슨……, 숙제를 내주면 바로 검색할 거면서."

맞는 말이었다. 수업을 마치고 내 손에 스마트폰이 들어오자마자 나는 곧바로 검색해 봤다. 검색에 따르면 헬륨이 목소리를 변하게 만드는 원리는 다음과 같았다.

목소리는 공기 밀도에 따라 진동수가 달라진다. 밀도가 높으면 진동이 느려지고, 밀도가 낮으면 진동이 빨라진다. 사람이 빡빡하게 많은 지하철 안을 지나갈 때와 사람이 거의 없는 지하철 안을 지나갈 때를 견주어 떠올리면 이해하기 쉽다. 사람이 빡빡하게 많은 상황은 밀도가 높은 거고, 사람이 별로 없는 상황은 밀도가 낮은 것이다. 밀도가 높으면 느리고, 밀도가 낮으면 빠르다. 헬륨은 수소 다음으로 가벼운 기체다. 헬륨은 가볍고 밀도가 낮기 때문에 헬륨 사이를 지나가는 소리는 진동수가 증가한다. 진동수가 증가하니 소리가 움직이는 속도가 빨라져서 평소와 다른 이상한 목소리처럼 들리는 것이다.

검색을 했을 때는 이해를 했는데, 며칠이 지나고 나니 헬륨이 목소리를 이상하게 만드는 원리가 가물가물했다. 역시 검색으로 알아낸 지식은 오래가지 못했다. 송윤정 선생님 말이 맞았다. 검색으로 쉽게 얻은 지식은 쉽게 빠져나간다.

Li

무엇을 물어야 할까?

> 이태경
>
> Li 리튬(Lithium). 원자 번호 3.
> 첨단산업에 다양하게 활용하는 알칼리금속.
> 리튬이온 배터리는 스마트폰, 전기차 등에 두루 쓴다.

"나, 놀러간다!"

학교에 오자마자 친구들에게 자랑을 해 댔다. 수업이 있는 날 놀러 가는 나를 부러워하라고 일부러 놀려 댔다. 내가 부러운 친구들은 짜증을 내며 괜히 나를 툭툭 치기도 했다. 친구들이 쏟아 내는 부러움은 나를 더욱 즐겁게 했다. 자연과학부에 들어가면 급식을 빨리 먹는 즐거움만 누릴 줄 알았는데 기대하지 않았던 혜택을 누리니 더욱 즐거웠다. 우현이 얼굴에도 웃음이 한가득이었다. 우리 반에서는 우현이와 나만 과학부 소속이라 둘만 빠졌다. 담임 선생님이 잘 다녀오라는 말을 하자마자 애들이 건네는 부러움을 한아름 안고서 교문 옆 주차장으로 갔다.

주차장에는 큰 버스가 우리를 기다렸다. 바로 차에 오르려고 했더니 송윤정 선생님이 자연과학부만 따로 모았다. 우현이는 컴퓨터과학부라 바로 차에 탔고, 나는 밖에서 다른 애들이 다 올 때까지 기다렸다. 자연과학부에 속한 열 명이 다 모이자 송윤정 선생님이 입을 열었다.

"얼굴을 보니 다들 신났네?"

우리는 즐거움을 마음껏 드러냈다.

"수업 빠지고 가는 거라 놀러가는 기분인 줄은 알지만, 엄연히 견학 수업이야. 그러니 논다고 생각하지 말고 잘 보고 배워."

하지 않아도 되는 말, 해 봐야 쓸모없는 말, 이런 게 바로 잔소리다. 이런 잔소리를 하려고 버스에 바로 못 들어가게 하고 햇볕이 점점 강해지는 주차장에 모이게 하다니, 송윤정 선생님도 어쩔 수 없는 어른이었다.

"이렇게 모이게 한 까닭은 과제를 하나 주기 위해서야."

과제라니⋯⋯, 불길했다.

'선생님 그냥 편하게 다녀오면 안 되나요?' 하고 말하려다 꾹 참았다.

"오늘은 카이스트 견학이고, 견학 도중에 이런저런 강의를 들을 거야. 강의가 끝나면 질문을 하라고 할 텐데, 그때 꼭 질문을 하나 이상은 해. 작년에 견학을 갔을 때 컴꽈는 질문을 쏟아 냈는데 우리는 아무도 질문을 안 해서⋯⋯ 어찌나 쪽팔리던지⋯⋯."

송윤정 선생님은 컴퓨터과학부를 늘 '컴꽈'라고 불렀다. 송윤정 선생님은 한숨을 길게 내쉬더니 다시 말을 이었다.

"무엇보다 과학을 하려는 사람은 질문을 멈추지 않아야 해. 질문을

수상한 과학실, 빵을 탐하다

못 하면 과학자가 아니야. 알겠니?”

또 질문 타령이다. 우리는 기계처럼 ‘네’ 하고 대답했다.

“질문 하나씩은 꼭 해! 대답도 꼭 기억하고. 다음 모임 때 물어볼 건데, 만약 제대로 기억하지 못하면 오늘 견학에 무단결석했다고 처리할 테니 그리 알아!”

마지막 말은 그야말로 협박이었다. 애들 표정이 심하게 굳어졌다. 교복도 안 입고 편안한 마음으로 놀러간다고 여겼는데 질문 한 가지는 꼭 해야 하고, 그 질문에 대한 답도 기억해야 한다니, 몹시 부담스러웠다. 좀 편하게 견학하게 놔두면 안 될까? 아무리 봐도 송윤정 선생님은 참 이상하다. 수업 첫날부터 대뜸 헬륨 가스를 마시고는 ‘왜 이상한 목소리가 날까?’ 할 때부터 알아봤다. 송윤정 선생님은 누구든 조금이라도 궁금한 표정을 지으면 ‘뭐가 궁금해? 질문해 봐.’ 하며 눈을 똑바로 쳐다본다. 그래서 질문을 하면 대답을 해 주지는 않고, ‘생각해 봐! 왜 그럴까?’ 하고 되물어 본다. 대답을 하면 그 대답에서 허점을 찾아 또 질문을 한다. 그렇게 집요하게 끝없이 물고 늘어진다. 나와 같은 자연과학부인 이승연은 송윤정 선생님에게 끝없이 이어지는 질문을 받고는 결국 울어 버렸다. 펑펑 우는 이승연을 보니 선배들이 왜 자연과학부를 다 그만두고 나가 버렸는지 알 듯했다.

나는 다행스럽게도 그 정도로 당한 적은 없지만 이승연처럼 당하고 나면 자연과학부를 그만두고 싶은 생각이 들 듯했다. 물론 그런 일을 겪는다고 해도 자연과학부를 그만둘 생각은 없었다. 아무리 자연과학부가 힘들다 해도 급식 시간을 20분이나 참을 수는 없었다. 2학년이 되면 10분만 기다리면 되니 그때는 계속 자연과학부에 있을지 말지 생각해 봐야겠지만, 1학년은 머무는 게 훨씬 이득이었다. 급식을 20분이나 기다린 뒤에 밥을 먹으면 어차피 점심시간에 제대로 놀지도 못한다. 맛있는 급식을 20분 동안이나 기다리는 고통을 한 해 내내 겪기는 싫었다.

어려운 과제를 받고 버스에 탔다. 권우현은 자기 옆자리를 비운 채 나를 기다렸다. 권우현 옆자리에 앉으려는데 갑자기 배가 아팠다. 버스에는 선생님들이 아무도 안 계셨다. 나는 권우현에게 사정을 말하고 얼른 화장실로 뛰어갔다. 첫 수업 종이 울린 뒤였기에 복도에도 화장실에도 학생들은 전혀 없었다. 화장실에서 급한 볼일을 시원하게 보고 나오는데 송윤정 선생님이 컴퓨터과학부 이명재 선생님과 교장실에서 나란히 나왔다. 나는 두 선생님 뒤를 조용히 따라갔는데, 두 쌤은 티격태격 다투며 걸어갔다.

"그냥 10명을 뽑았으면 25인승 버스로 갔을 텐데, 괜히 14명을 뽑아서 45인승 버스를 타게 만들다니……. 너는 나를 골탕 먹이려고 작정했니?"

나는 얼른 숫자를 헤아려 봤다. 자연과학부가 10명, 컴퐈(!)가 14명, 선생님 2명, 합하면 26명이었다. 25인승 버스에서 딱 한 명 넘어가는 인원이었다. 더 넓은 차를 타고 가면 더 좋은 게 아닌가?

"설마 내가 버스 값 더 비싸게 지불하게 만들려고 14명을 뽑았겠냐?"

수상한 과학실, 빵을 탐하다

"의도가 어떻든 지원금도 얼마 못 받는 우리가 더 쪼들리게 됐잖아."

"괜한 트집 잡지 마!"

"컴꽈 때문이니 컴꽈가 돈을 더 내야 하는 거 아니야? 합리성을 강조하시는 우리 이명재 선생님!"

"교장 선생님이 똑같이 부담하라고 했잖아. 방금 같이 말을 들어 놓고 왜 이래?"

"아휴, 그게 교장 쌤 생각이야? 네가 하자고 하니까 그런 거지."

"그거, 교장 쌤을 무시하는 발언이다."

"교장 쌤이야 컴꽈라면 아주 껌뻑 죽으니."

"내 참, 그럼 네가 성과를 내든지."

"어휴, 맨날 그 성과 타령."

"그래서 넌, 작년에 실패도 경험이라면서 실패한 연구 보고서를 경연대회에 그대로 냈냐? 어이가 없어서 정말."

"과학은 실패를 통해 발전해. 애들은 실패를 경험해 봐야 돼."

"어이구, 잘나셨어. 고등학교 때 동아리에서도 그렇게 해서 말아 먹어 놓고."

"넌, 그래서 실험 데이터 조작이 잘한 짓이야?"

"그게 어떻게 조작이야? 정밀도 차이지."

"말이나 못 하면."

"됐어! 다 우리 컴퓨터과학부 덕분에 카이스트로 견학도 가는 건데,

돈 좀 더 내게 됐다고 투덜거리지 좀 마."

"어휴, 짜증 나."

"애들 듣는다. 선생님이 그러면 안 되지. 그나저나 지저분한 교무실
책상은 언제 치울 거냐?"

"놔둬! 내일 치울 거니까."

"그 내일이 오기는 오는 거냐?"

"이걸 그냥."

송윤정 선생님이 이명재 선생님을 때리려 했다.

"애들 본다."

이명재 선생님은 잽싸게 피하면서 버스로 뛰어 들어가 버렸다.

송윤정 선생님은 버스 문 앞에서 씩씩거리더니 쿵쾅거리며 버스에
올랐다. 나는 곧바로 들어가면 몰래 대화를 들은 걸 들킬까 봐 잠깐 기
다렸다가 버스로 다가갔다. 버스 문 앞에 서니 이명재 선생님 목소리
가 들렸다.

"다 왔냐? 어, 한 명이 비네? 누가 안 왔어?"

나는 얼른 버스로 올라탔다.

"죄송합니다."

"자! 다 왔군. 이제 가자! 안전벨트 꼭 매고. 기사님, 안전운전 부탁
합니다."

나는 이명재 선생님 옆을 지나 우현이 옆에 앉았다.

버스가 출발하고, 버스 안은 시끌벅쩍했다. 우현이와 나도 신나게

잡담을 주고받았다. 그러다 주위를 살피며 조용히 우현이에게 물었다.

"야. 이명재 쌤이랑 송윤정 쌤 있잖아, 별로 사이가 안 좋던데……, 뭐 아는 거 없냐?"

우현이는 정보통이다. 우현이 형이 우리 학교 3학년이어서 선배들 정보는 쭉 꿰고 있다. 주변에 친구도 많고, 워낙 정보 수집을 좋아해서 학교에서 벌어지는 온갖 소문과 사건은 거의 다 안다.

"네가 그걸 어떻게 알아?"

우현이 목소리가 꽤 컸다.

"야, 조용히 말해."

"네가 어떻게 아냐고?"

우현이가 목소리를 낮추며 내 귀에만 들리게 말했다.

나는 조금 전에 두 분을 뒤따라오다가 의도치 않게 서로 다투는 모습을 보았다고 말했다. 두 분 사이에 오고 간 이야기를 자세히 전하지는 않았다.

"형이 그러는데, 두 쌤이 원래 사이가 안 좋내."

"그치?"

"두 분이 3학년을 가르치잖아. 선배들 앞에서 대놓고 서로를 깐대. 거의 뭐 원수처럼 지낸다는데."

"원수라고? 그렇게나 심해? 왜 그런데?"

"우리는 잘나가고 '자꽈'는 엉망이잖아."

우현이 말투에서 자연과학부를 깔보는 기색이 역력했다. 그렇지만 내가 자연과학부에 소속감도 없고, 자부심은 더더욱 없기에 크게 거슬리지는 않았다.

"송 쌤이 질투하는 건가?"

"그러겠지."

"근데, 조금 전에 두 쌤이 나누는 말을 들어 보니까 고등학교 때부터 알고 지낸 사이 같던데……."

"그래? 그건 몰랐는데."

나는 데이터 조작이란 말을 떠올리고, 뭔가 비밀이 있다고 어림했지만, 내 속생각을 우현이에게 전하지는 않았다.

"넌 컴꽈 재밌냐?"

나는 화제를 돌렸다.

"말도 마. 완전, 짱, 대박 재밌어."

우현이가 두 손 엄지를 모두 치켜세우고 흔들어 댔다.

"우리는 다 실습이야. 미로에서 원하는 곳으로 가게 만드는 프로그램도 짜 봤거든. 목표 지점을 아무 데나 바꿔도 차가 찾아가게 만들었는데, 내가 만들어 놓고도 어찌나 신기하던지."

우현이는 컴퓨터와 기계를 참 좋아한다. 좋아하는 걸 하는 우현이가 조금은 부러웠다. 나는 먹는 거 말고 뭐를 좋아할까? 아직은 전혀 모르겠다.

"너희는 요즘 뭐 해? 재밌어?"

"뭐… 그냥 실험하고…… 그렇게… 과학 실험이라는 게 뻔하지 뭐."

나는 일부러 말을 하는 둥 마는 둥 하다가 그만두었다. 우현이는 더는 자세히 묻지 않고 컴퓨 자랑으로 돌아갔다.

"요즘 앱을 개발하는데 잘하면 돈도 벌 수 있대. 내가 잘 만들면 직접 판매할 수 있게 쌤이 도와주신 댔어."

"와! 그럼 돈도 버는 거야."

"그렇지!"

"잘하면 스티브잡스가 되는 거네?"

"뭐 그렇게까지는 아니지만……."

우현이는 아니라고 했지만 입은 헤벌쭉 벌어졌다.

한참 동안 수다를 떨다 보니 어느새 목적지에 버스가 도착했다. 버스에서 내리자마자 이명재 선생님이 주의사항과 하루 일정을 알려 주었다. 오전에는 2인1조로 자유롭게 구경을 하고, 점심시간에 맞춰 식당 앞으로 모이라고 했다. 나는 우현이와 짝이 되었고, 내 손에는 카이스트 안내 지도가 들려 있었다.

"어디 갈까?"

"시간도 얼마 없는데, 가 보고 싶은 데를 가야지."

"가고 싶은 데라……."

나는 지도를 가만히 살펴봤다. 건물이 아주 많았는데, 건물 이름만 봐서는 딱히 끌리는 데가 없었다. 그러다 아주 익숙한 이름이 보였다.

"여기 가 보자."

우현이는 내가 가리킨 곳을 보더니 고개를 끄덕였다.

"좋네. 그쪽으로 가자."

우리는 목표 지점으로 가면서 건물들을 구경했다. 구경이라고 했지만 밖에서 봐서는 거리에서 늘 보는 건물과 크게 다르지 않았다. 그저 건물이 참 크다는 느낌밖에 안 들었다.

"저기 들어가 볼까?"

우현이가 가자는 건물로 들어갔다. 건물 안으로 들어가서 이곳저곳을 구경했다. 실험실 이름을 이것저것 봤는데 딱히 끌리는 이름은 없었다. 그러다 유리로 된 아주 큰 문 뒤로 멋진 장비들이 줄지어 늘어선 곳이 보였다. 공상과학 영화에서나 나오는 듯한 수많은 컴퓨터와 전자 장비가 구비된 실험실이었다. 나는 무심결에 스마트폰을 꺼내 사진을 찍었다. 찰칵! 찰칵!

"너희 뭐 하니?"

갑작스런 소리에 깜짝 놀라 뒤를 돌아봤다. 덩치가 크고 하얀 가운을 입은 남자 어른이 우리를 매섭게 내려다보고 있었다.

"아… 저기……, 견학 온 중학생들인데요."

"견학?"

남자 어른은 우리를 위에서 아래로 훑었다.

"너희, 사진 찍었지?"

여전히 말투가 무서웠다.

"아……, 네."

솔직히 말할 수밖에 없었다.

"지워!"

"네?"

"못 들었니? 지우라고. 이곳은 국가에서 지원을 받아 연구하는 곳이야. 함부로 사진을 찍으면 산업스파이 행위로 간주돼서 수사를 받을 수도 있어."

'스파이'와 '수사'라는 말에 덜컥 겁이 났다. 나는 얼른 사진을 지웠다.

"너는 안 찍었니?"

남자 어른은 우현이를 무섭게 째려봤다.

"……네, 안 찍…….."

우현이가 떨면서 말하는데 그 남자는 우현이 말을 끝까지 듣지 않고 툭 잘랐다.

"만약에 사진을 찍었는데 몰래 간직하거나, 지운 사진을 복구해서 인터넷에 올리기라도 하면 큰일날 줄 알아. 알겠니? 만약에 사진이 잘못 전해져서 정보가 외국으로 넘어가기라도 해서 손해를 끼치면 부모님 재산 다 털어 배상해도 모자랄 테니 조심해!"

우리는 겁이 나서 아무 소리도 못 하고 고개만 끄덕였다.

"그래, 가 봐."

우리는 꾸벅 절을 하고는 걸음아 나 살려라 하면서 건물 밖으로 뛰어나갔다. 우리는 건물에서 한참 벗어난 곳까지 뛴 뒤에야 멈춰 서서 뛰는 가슴을 달랬다. 무서운 일을 겪은 뒤 우리는 건물 안으로 절대 들어가지 않았고, 스마트폰은 아예 꺼내지도 않았다. 나와 우현이는 목표로 하는 곳까지 왔다. 안내 지도를 봤을 때는 굉장히 특별한 곳일 줄 알았는데 별거 없었다. 그냥 이름만 '유레카 길'이었다. 나와 우현이는 실망감을 가득 안고 유레카 길을 걸었다. 그러다 갑자기 '어떤' 생각이 떠올랐다. 그것은 송윤정 선생님이 내 준 과제와 이어진 생각이었다.

"유레카!"

내가 손을 번쩍 들며 외쳤다.

"너 왜 이래?"

우현이가 내 팔뚝을 쳤다.

"유레카 길에서 유레카를 외쳐 보고 싶었어."

내가 유레카라고 외치게 만든 생각을 우현이에게 말하지는 않았다. 그건 때맞춰 터트려야 할 멋진 생각이었다. 멋진 생각으로 인해 나는 송윤정 선생님이 내 준 과제로 인한 부담감에서 완전히 벗어났다. 아무리 따져 봐도 기발한 질문이었다.

멋진 질문을 떠올린 뒤 나는 우현이와 얼른 점심을 먹은 식당으로 갔다. 솔직히 말해 카이스트에 와서 가장 궁금했던 게 바로 점심이었다. 우리 학교 급식과 견줄 수 있을 만큼 맛있을지 궁금했다. 설렘을 가득 안고 점심을 마주했다. 나는 수육정식을 먹었는데 끝내줬다. 수육을 잘하는 가게에서 먹을 때와 크게 다르지 않았다. 우리 학교 급식과 견줘도 우열을 가리기 힘들었다.

점심을 만족스럽게 먹은 뒤에는 카이스트에서 하는 강의를 들었다.

카이스트 역사, 건물, 연구 등을 소개해 줬는데 딱히 기억나는 내용은 연구시설을 짓는 데 큰돈이 들고, 큰돈을 기꺼이 기부한 사람들이 많다는 설명뿐이었다. 기부자들 이야기를 듣는데 또다시 질문이 떠올랐다.

'저렇게 큰돈을 기부한 사람은 카이스트가 연구에서 성과를 내면 이득을 볼까?'

'연구로 돈을 못 번다면 기부를 안 하겠지?'

'스파이니 뭐니 하던 말도 기부한 사람들이 돈을 못 벌게 될까 봐 그런 거겠지?'

새롭게 질문이 떠오르니 괜히 고민이었다. 유레카 길에서 떠오른 질문과 새롭게 떠오른 질문 가운데 무엇으로 할까? 둘 다 할까 했지만 그러면 답도 두 개를 다 기억해야 하니, 그리고 싶지 않았다. 질문은 딱 하나만 하고, 대답도 간단하게 기억하는 게 더 나았다. 나는 어떤 질문이 더 재미있고, 간단한 답변을 얻을지 헤아렸다. 그리고는 유레카 길에서 떠올린 질문을 하기로 결론을 내렸다.

강의가 끝난 뒤 컴꽈는 파란 옷을 입은 사람을 따라 나갔고, 우리는 하얀 옷을 입은 연구원을 따라 어떤 실험실로 안내를 받았다. 이해하기 어려운 설명을 한참 듣고, 몇몇 애들은 실험도구를 만져 보기도 했지만 나는 별로 흥미가 없어서 지루하기만 했다. 실험실 견학이 끝나고 우리는 다시 처음 강의를 들었던 곳으로 돌아왔다. 컴꽈 애들은 오지 않았다. 우리끼리 모였는데 흰 옷 입은 연구원이 '질문 있어요?' 하고 말했다. 드디어 질문 시간이 왔다. 애들은 긴장한 기색이 역력했다. 질문을 안 하거나, 질문을 하더라도 답을 기억하지 못하면 무단결석으로 처리한다는 협박을 받았으니 긴장할 수밖에 없었다. 물론 나는 아주 멋진 질문을 준비했기에 아주 여유로웠다.

잠시 침묵이 흘렀다.

"질문 없나요?"

서로 눈치를 봤다. 송윤정 선생님이 어디 있는지 살폈다. 송윤정 선생님은 팔짱을 딱 낀 채 맨 뒷자리에 앉아서 우리 모두를 보고 있었다. 표정이 좋지 않았다. 가장 먼저 질문을 하기는 싫었지만, 질문을 안 해서 무단결석으로 처리당하기는 싫었다. 마음을 굳게 먹고 손을 들려고 하는데 앞에서 손이 불쑥 올라왔다.

"어떻게 하면 카이스트에 올 수 있나요?"

김정민이었다.

몹시 수준이 떨어지고 뻔한 질문이었지만 연구원은 아주 상냥하게 답변했다. 답변은 상냥했지만 내가 귀담아 들을 말은 아니었다.

"요즘 연구는 뭐 하세요?"

윤다은이었다. 다은이는 나와 유치원부터 알고 지낸 사이다. 우현이도 나와 유치원 때부터 알고 지낸 친구인데 셋이 늘 어울려 다녔다. 다은이는 놀기 좋아하고 예쁘게 꾸미길 좋아한다. 그리고 공부도 잘한다. 내가 보기에는 늘 놀기만 하는데 어떻게 공부를 잘하는지는 잘 모르겠다. 아무튼 다은이가 하는 질문도 영 수준이 떨어졌다. 요즘 어떤 연구를 하는지 자기가 알아서 어쩌겠다는 건지 모르겠다. 다은이가 공부는 잘하는지 모르지만 질문은 참 못한다.

"연구하는 데 힘들지 않나요?"

자기가 도와주지도 못할 거면서 힘드냐고 왜 물어볼까? 그렇고 그런 비슷한 질문들이 이어졌는데 모두 한심한 수준이었다. 그 가운데 다음 질문이 가장 한심했다.

"기계에 향기를 심을 수 있나요?"

어떻게 이런 질문을 하는지 모르겠다. 자연과학부 애들이 다 이 모양이니 컴퐈가 잘난 척할 만했다.

"기계에 향기를 심다니, 무슨 말인지 자세히 말해 줄래요?"

나는 어처구니가 없는데 연구원은 진지하게 되물었다. 연구원은 참 성격도 좋다.

"기계라고 하면 저는 삭막하다는 느낌이 들어요. 왜 그럴지 생각해 봤는데 아무래도 향기가 없기 때문이란 결론을 내렸어요. 보기도 하고, 만지기도 하고, 소리도 듣지만 냄새는 못 맡잖아요. 예를 들면 스마트폰에서 영상을 볼 때 소리뿐 아니라 향기도 나오게 만들 수 있을까요? 그게 기술로 가능할까요?"

영상에서 냄새가 나오게 만든다는 발상을 하다니, 그게 어떻게 가능하단 말인가? 그리고 된다고 해도 그게 얼마나 형편없는 제품일지 조금만 생각해 보면 누구나 안다. 예를 들어 영상에서 방귀를 뀌면 방귀 냄새가 스마트폰에서도 난다는 건데, 그런 스마트폰을 누가 들고 다니

겠는가?

"좋은 발상이네요."

연구원이 한 답변이 하도 어이가 없어서 뒤에 앉은 송윤정 선생님을 돌아봤다. 이런 한심한 질문과 답변을 어떻게 여기는지 궁금했기 때문이다. 그런데 내 예상과 달리 송윤정 선생님은 팔짱을 풀고 빙그레 웃었다.

"학생이 질문한 기술은 이미 연구를 하고 있어요."

그런 기술을 연구한다고? 말이 돼?

"어느 정도 성과도 거두었어요. 물론 아직은 초보 단계죠. 영화관에 가면 4D 상영관에서 냄새를 뿌려 현장 분위기를 더 실감나게 표현하기도 하죠 지금은 그 정도 수준이라고 보면 돼요. 연구 목표는 그 어떤 냄새든 영상을 찍듯이 냄새를 포집해 디지털 신호로 바꾸고, 그것을 여러분이 보는 TV나 스마트폰에서 그대로 재현하는 것인데, 그 정도 수준에 이르려면 꽤나 시간이 걸릴 거예요. 삭막한 기계문명에 향기를 입히겠다는 목표, 아주 멋져요. 학생 같은 연구자들이 많아지면 과학기술이 사람을 더 행복하게 해 줄 거라고 믿어요."

내 예상과는 전혀 다른 전개였다. 그런 기술을 정말로 연구하는 사람들이 있다니, 믿을 수가 없었다. 그런데 가만히 생각해 보니 그럴 만했다. 나는 방귀만 떠올렸지만, 만약 요리 프로그램에서 요리 냄새를 그대로 내보낼 수 있다면 꽤 괜찮을 듯했다. 치킨 광고에서 치킨 냄새가 난다면 치킨을 사 먹고 싶은 마음이 더 강해질 것이 분명했다. 그렇지만 좋은 냄새뿐 아니라 나쁜 냄새까지 영상을 통해 전해진다 생각하니, 썩 좋지만은 않았다.

냄새 나는 질문이 끝나고 마침내 내가 손을 들었다. 나는 유레카 길에서 발견한 멋진 질문을 아주 당당하게 연구원에게 건넸다.

"유레카 길 옆에 목욕탕이 있나요?"

"그게 무슨……."

내 질문을 받은 연구원이 당황한 표정을 짓더니 말을 얼버무렸다. 나는 내 질문을 연구원이 제대로 못 들었다고 생각했다.

"유레카 길 옆에 목욕탕이 있는지 궁금합니다."

내가 뚜렷하게 발음했기에 연구원은 내 말을 못 알아들을 수 없었다. 그럼에도 연구원은 여전히 내 질문이 무슨 말인지 모르는 듯했다. 그래서 나는 조금 더 친절하게 내 질문에 담긴 뜻을 설명했다.

"유레카 길은 아르키메데스가 목욕탕에서 뛰어나와 '유레카!' 하고 소리친 데서 유래했잖아요."

"그……그렇…죠."

아주 자세히 설명했지만 연구원은 여전히 내 질문을 제대로 이해하지 못했다. 저렇게 이해력이 떨어져서 어떻게 연구원을 하는지 모르겠다.

"그러니까 유레카 길 옆이면 목욕탕이 있어야 하지 않나요?"

"아! 유레카 길… 목욕탕!"

그제야 연구원은 내 질문에 담긴 의미를 제대로 이해한 모양이었다. '기발한 내 질문에 속으로 엄청 감탄하겠지?' 하고 생각하는데 답변은 내 기대에서 완전히 벗어났다.

"없어요."

연구원은 정색을 하며 아주 짧게 대답했다. 멋진 질문을 했는데 답변이 단 한 낱말이라니 몹시 실망스러웠다. 아무래도 질문을 추가해야 할 듯했다. '목욕탕이 있나요?'와 '없습니다!'로만 이루어진 질의응답은 제대로 된 과제 수행으로 평가받기 어려울 듯했기 때문이다.

"그럼, 카이스트에서 놀라운 발견을 한 뒤에 아르키메데스처럼 옷을 벗고 유레카 길을 뛰어다니며 '유레카' 하고 외치면 어떻게 되나요?"

내 질문에 애들은 웃고 난리가 났다. 역시 내 질문은 멋졌다. 그런데 연구원은 내 질문을 듣고 더 심하게 정색을 했다.

"그런 짓을 하면 당연히 경찰에 잡혀가겠죠. 카이스트에서도 쫓겨나고."

"아르키메데스는 그랬잖아요? 그래서 위인전에도 실렸는데⋯⋯."

"그건 그때 얘기고, 지금은 처벌받아요."

처벌이라는 말을 들으니 갑자기 사진을 찍다가 걸린 상황이 떠올랐다.

"그리고 그런 질문은 웃고 넘어갈 질문이 아니에요. 학생은 재미있으라고 한 질문인지 모르겠지만, 어떤 사람은 그런 질문에 모욕감을 느낄 수도 있어요."

또다시 야단을 맞았다. 사진을 찍어도 혼나고, 질문을 해도 혼나는 카이스트는 무서운 곳이었다. 나는 카이스트에는 앞으로 절대 오지 않겠다고 다짐했다.

내 질문을 마지막으로 질의응답이 끝났다. 밖으로 나온 우리는 곧바로 버스에 올랐다. 컴퐈가 아직 오지 않아 버스 안에서 한참을 기다렸다. 송윤정 선생님이 살짝 짜증을 내며 이명재 선생님에게 전화를 걸었다. 그러고서도 20분쯤 지난 뒤에야 컴퐈 애들이 떠들면서 버스에 올랐다. 우현이는 내 옆자리에 앉자마자 뭐가 그리 신나는지 계속 떠들어 댔다.

"리튬 이온 전지 배터리라고 들어 봤냐?"

리튬 이온 전지가 뭔지는 주기율표를 외워서 어느 정도 안다. 리튬(Lithium)은 원자 번호 3번이고, 무르고 은백색이며 첨단산업에 다양하게 활용하는 알칼리금속이다. 리튬이온을 활용한 배터리는 스마트폰에도 쓴다. 어느 정도 알기에 뭐라고 대꾸를 하려다 그냥 입을 다물었다. 괜히 답변했다가 금방 지식이 바닥을 드러낼 듯했기 때문이다.

"너 무인자동차 타 봤냐? 와! 끝내줘! 사람이 없는데 막 가라는 대로 가고, 내가 말로 명령을 내리면 그대로 하고. 영화에서나 봤지 실제로 내가 타 봤더니… 이건 상상 이상이야!"

나도 신나게 견학을 했다고 말하고 싶었지만 뭐라 대꾸할 말이 없었다. 다른 애들도 다 듣기에 없는 말을 지어낼 수는 없었다.

"트롤리 딜레마라고 알아?"

모른다. 나는 입을 꾹 다물었다. 우현이는 내 반응과 상관없이 계속 떠들어 댔다.

"이게 유명한 윤리학 문제인데, 예전에는 그냥 사고 실험이었지만 자율 주행차가 등장하면서 현실 문제로 다가오고 있어. 설명을 자세히 들었는데, 듣고 보니 정말 딜레마더라고. 이렇게 해도 문제고, 저렇게 해도 문제고. 어떻게 하면 트롤리 딜레마를 해결할지 토론도 했는데, 결론을 못 내렸어."

나는 모른 척하며 고개를 돌려 버렸다. 한참 신나게 떠들던 우현이는 내 반응을 보더니 그제야 자랑질을 멈추었다. 그러고는 내 표정을 찬찬히 살폈다.

"넌, 재미 없었냐?"

"그렇지 뭐. 내가 과학에 관……."

과학에 관심이 있어서 과학부에 들어온 게 아니라는 말을 하려다가 입을 다물었다. 괜히 말했다가 송윤정 선생님 귀에 들어갈 수도 있었다.

"야, 내가 문제 하나 낼까?"

우현이가 화제를 돌렸다.

내가 문제를 내라고 말도 안 했는데 우현이는 가방에서 종이를 꺼내서 보여 주었다. 나는 종이를 받아들었다. 종이에는 0과 1이 가득했다.

"뭐야? 코딩이야? 이걸 내가 어떻게 맞혀?"

"그게 아니야. 잘 봐. 이건 총 169개야. 이 숫자가 의미하는 게 뭔지 맞히면 돼. 코딩도 아니고, 수학 지식이 필요하지도 않으니까 풀어 봐."

“야, 나 이런 거 싫어하는 거 알면서.”

“해 보라니까. 아주 기가 막혀.”

“내 참, 숫자가 몇 개라고?”

“169개.”

“0은 몇 개인데?”

“그건 말해 줄 수 없지.”

“그럼 됐······.”

종이를 되돌려주려다 마음을 고쳐먹었다. 괜히 자존심이 상했기 때문이다. 버스 안 분위기는 극과 극이었다. 컴퐈 애들은 다들 신나서 떠드는데, 자연과학부 애들은 모두 시큰둥했다. 자연과학부는 못났고 컴퓨터과학부는 잘나간다는 소문이 또다시 현실이 되는 상황이었다. 기분이 상했다. 자연과학부에 별 애정은 없지만 나는 자연과학부인데, 그래도 자연과학부 구성원으로서 자존심을 세우고 싶었다. 아무리 친구지만 평소와 달리 몹시 들뜬 우현이가 조금 꼴 보기 싫기도 했다.

나는 우현이가 건넨 종이를 자세히 살폈다.

1111111111111110000000111101101101101100111011001100000000
0001100000100000110000111000011000000000001100011111000110001
0001000111001111100111110000000111111111111111111

가만히 봤다. 골똘히 봤다. 저 숫자들 사이에 무슨 의미가 있을까? 어떤 규칙이 숨어 있을까? 계산해서 답이 나오지는 않으리라는 생각이 들었다. 그런 문제면 우현이가 나에게 내지 않았을 것이다. 혹시 난센스 퀴즈일까? 다시 봤다. 도대체 알 수가 없었다. 혹시 이미지일까? 그럴 수도 있겠다 싶었다. 그러나 이미지가 보이지는 않았다.

"뭐, 좀 도와줄까?"

우현이가 빙글빙글 웃었다.

"됐어!"

쉽지 않았다. 그래도 포기하지 않았다. 다시 봤다. 한참을 쳐다보았다. 골똘히 생각에 잠겼다. 머릿속에 온통 1과 0이 가득했다. 떠드는 소리도 안 들렸다. 그러다 문득 169와 관련된 숫자가 떠올랐다. 설마!

어차피 틀려도 손해는 아니다. 나는 내 머리에 떠오른 발상대로 숫자를 재배치했다. 눈으로 숫자를 옮기면서 모양을 상상했다. 숫자를 다 배치하고 나자 어떤 이미지가 떠올랐다. 나는 내가 답을 알아냈음을 확신했다.

"별거 아니네."

"풀었어? 정말?"

우현이 눈이 심각하게 커졌다. 그래 봤자 실눈이긴 하지만.

"견학하다가 받은 문제냐?"

"응!"

"뭐, 이런 쉬운 문제를……."

나는 한껏 으스댔다.

"뭐야? 답이 뭐라고 생각하는데?"

"얼굴이잖아."

"헉!"

"맞지?"

"응."

"컴꽈에서는 누가 풀었냐?"

내가 물었다.

"아니! 문제 내신 분이 나중에 알려 줘서 알았어. 근데 넌 어떻게……."

우현이는 진심으로 놀란 모양이었다.

"간단하잖아."

나는 승리자가 된 기분을 만끽하며 느릿하게 해답을 내놓았다.

"전체 숫자는 169개! 169는 13의 배수! 가로로 숫자가 13개가 될 때마다 줄을 바꾸면 세로 줄이 13개가 돼. 그렇게 숫자를 다시 재배열하면……."

```
1 1 1 1 1 1 1 1 1 1 1 1 1
1 1 1 0 0 0 0 0 0 0 1 1 1
1 1 0 1 1 1 0 1 1 1 0 1 1
1 0 0 1 1 1 0 1 1 1 0 0 1
1 0 0 0 0 0 0 0 0 0 0 0 1
1 0 0 0 0 0 1 0 0 0 0 0 1
1 0 0 0 0 1 1 1 0 0 0 0 1
1 0 0 0 0 0 0 0 0 0 0 0 1
1 0 0 0 1 1 1 1 1 0 0 0 1
1 0 0 0 1 0 0 0 1 0 0 0 1
1 1 0 0 1 1 1 1 1 0 0 1 1
1 1 1 0 0 0 0 0 0 0 1 1 1
1 1 1 1 1 1 1 1 1 1 1 1 1
```

"눈, 코, 입! 얼굴이 나오지?"

"헐! 대박! 이걸 푸네!"

나는 종이를 우현이 무릎에 '탁!' 하고 소리 나게 놓았다.

"컴퓨도 별거 아니네. 이런 쉬운 문제를 한 명도 못 풀고."

나는 한껏 으스댔고, 그 순간에는 자연과학부원으로서 소속감과 자신감을 느꼈다. 물론 아주 잠깐이고, 조금이었지만.

Be
아인슈타인의 뇌

송윤정 선생님은 뭔가를 가르칠 때 곧바로 알려 주지 않는다. 예를 들어 현미경으로 관찰하는 요령을 알려 준다고 해 보자. 여느 선생님 같으면 먼저 현미경 사용법을 알려 주고 실습을 통해 관찰하는 법을 익히게 한다. 그런데 송윤정 선생님은 현미경 사용법을 알려 주기에 앞서 다음과 같은 질문을 한다.

"잘 모르는 뭔가가 있어. 맨눈으로 봤는데 잘 모르겠는 거야. 그럴 때 그게 뭔지 알아내는 방법에는 뭐가 있을까?"

송윤정 선생님이 질문을 하면 우리는 반드시 답을 해야 한다. 답을 하지 않으면 아주 긴 훈계를 들어야 한다. 처음에는 질문을 받으면 제대로 된 답을 찾으려고 고민을 하느라 쉽게 대답을 못 했다. 그럴 때마다 송윤정 선생님은 생각나는 대로, 폭풍이 일 듯이 답을 내뱉으라고 요구했다. 처음에는 다들 답변을 잘 못했는데, 질문과 답변에 익숙해지면서 쉽게 답변을 내놓게 되었다.

"만져 봐야죠."

이예나가 말했다.

"촉감을 사용한다. 괜찮은 방법이지. 너희들은 어떻게 생각해? 촉감은 아주 좋은 구별법일까?"

송윤정 선생님이 물었다.

"겉만 만져 봐서는 잘 구별이 되지 않는 경우가 많아요."

"차갑거나 뜨거운 물질이 있을 때 만져 보면 그냥 온도만 알 뿐 어떤 물질인지 알 수 없어요."

나승연과 김성우가 차례로 대답했다.

"맞아. 그런 문제가 있네. 그럼 다른 방법은 없을까?"

"냄새를 맡아요."

당연히 내가 한 답변이었다.

"아주 좋은 방법이야. 후각도 좋은 구별 수단이지. 그렇다면 후각에는 한계가 없을까?"

"냄새가 뒤섞이면 뭐가 뭔지 구별하기 힘들죠."

"냄새가 안 나는 물질도 있지 않을까요?"

김주현과 윤다은이 답했다. 타당한 지적이었다.

"감기에 걸려서 코가 막히면······."

이태경은 코를 엄지와 검지로 쥐고는 입을 벌리며 고개를 흔들었다.

그 모습이 우스꽝스러워서 다들 웃음을 터트렸다. 그냥 말로 하면 될 텐데, 애들을 웃게 하려는 억지가 보였다. 왜 하필이면 내 답변에 저런 식으로 행동하는지 모르겠다. 기분이 썩 좋지 않았다.

"그래, 그럴 수 있지. 그럼 태경이는 어떻게 구분해야 한다고 생각해?"

"맛을 봐야죠. 맛을 보면 뭔지 딱, 감이 옵니다."

태경이가 두툼한 자기 혀를 길게 내밀고는 손가락으로 가리키며 장난스럽게 웃었다. 애들은 뭐가 웃긴지 또다시 웃었다.

"그래? 어떤 물질을 맛봤는데 단맛이 난다고 해 보자. 그럼 그게 뭘까?"

"단맛이 나니까, 설탕 종류 아닐까요? 설탕이 아니더라도 최소한 단맛을 내는 음식이라고 봐야죠."

이태경은 아주 당당하게 대답했다.

"베릴륨이란 원소가 있어. 혹시 베릴륨이 뭔지 기억하니?"

이태경은 머리를 긁적이며 둘레를 살폈다.

"원자 번호 4번이고, 가볍고 단단하며 부서지기 쉬운 은회색 금속입니다. 우주선이나 전자제품을 만들 때 합금 형태로 많이 사용합니다."

김정민이 또박또박 대답했다. 역시 김정민은 암기 능력이 끝내준다.

"맞아! 정민이가 잘 기억하고 있네. 그런데 그거 아니? 베릴륨은 단맛이 나. 그렇지만 베릴륨을 먹으면 안 돼. 베릴륨은 독성이 있어서 몸에 들어가면 폐에 염증이 생기는 베릴륨증에 걸릴 수 있거든."

송윤정 선생님은 이태경을 똑바로 보며 말을 이었다.

"범죄를 다루는 영화를 보면 형사들이나 범죄자들이 마약이 진짜인지 확인하려고 입에 대 보는 장면이 종종 나오지?"

이태경이 고개를 끄덕였다.

"그거 정말 위험해. 만약 그게 마약이 아니고 청산가리처럼 맹독성 물질이면 어떻게 될까? 아주 큰일나겠지? 그래도 여전히 맛이 물질을 구분하는 중요한 수단이라고 생각하니?"

송윤정 선생님은 이태경 코를 납작하게, 아니 혀를 돌돌 말아 버렸다. 설명을 다 듣고 난 뒤에 이태경은 괜찮은 척하려고 애썼지만 불편한 감정을 숨기지 못했다. 이태경이 불편해하니 기분이 풀렸다.

"촉각, 후각, 미각으로 판단하기! 다 한계는 있지만 나름 괜찮은 방법이야. 어쨌든 우리는 감각을 사용해서 모르는 걸 파악하는 동물이니까. 자 그럼, 다른 방법은 없을까?"

"자세히 봐야죠."

김성우였다.

"자세히 본다……. 자세히 설명해 줄래!"

"현미경이 있잖아요. 크게 확대해서 자세히 보면 뭔지 알 수 있잖아요. 우리 눈은 작은 대상을 구별하는 데 한계가 있으니까, 크게 키워서 보면 정체가 뭔지 제대로 알 수 있죠. 현미경뿐 아니라 망원경도 마찬가지 원리죠. 망원경으로 천체를 살펴보면 그냥 맨눈으로 볼 때보다 훨씬 잘 파악할 수 있어요."

현미경과 망원경! 나도 다 아는 방법인데 그게 왜 생각이 안 났는지 모르겠다. 아쉬움에 입맛을 다셨다.

"그래! 아주 좋았어. 바로 그거야."

현미경과 망원경이 새로운 방법도 아닌데 송윤정 선생님은 과도하게 김성우를 칭찬했다.

"이제부터 모르는 대상이 무엇인지 파악하는 방법을 하나씩 익혀 갈 거야. 첫째 방법은 바로 '크게 확대해서 보기'야."

첫 질문에서 현미경 사용법을 알려 주는 데까지 걸린 대화는 그리 긴 편이 아니었다. 어떤 때는 점심시간 전체를 질의응답으로 채워 버린 경우도 있었다. 그러니까 뭔가를 하려면 우리는 끝없이 답변해야 하고, 생각해야 한다. 바로 설명을 듣고 실습을 하면 훨씬 재미있을 텐데, 이런 과정을 거치니 솔직히 꽤나 힘들고 지친다.

아무튼 그렇게 해서 현미경으로 실습을 했다. 원리를 배우고 다루는 법을 익힌 뒤에 가장 먼저 관찰한 대상은 양파였다. 표본을 만들어서 현미경으로 관찰을 했는데, 처음에는 하얗게만 보였다. 좌충우돌 끝에 뭔가 보여서 성공했다고 선생님께 말씀드렸는데 확인해 보니 실패였다. 선생님이 와서 살짝 만지고 나니 안 보이던 것들이 뚜렷하게 보였다. 우리는 배운 대로 했는데, 왜 선생님처럼 되지 않는지 모르겠다.

현미경으로 관찰하기를 배운 뒤에는 '혈액 응고 실험'을 했다. 혈액 응고 실험은 모르는 대상을 알아내는 방법에서 둘째 순서로 한 실습이 었다. 당연히 실습을 하기 전에 꽤나 긴 질의응답을 해야 했다. 혈액 응고 실험을 하면서 현미경 관찰도 했는데 백혈구와 적혈구 등을 관찰했다. 이번에도 선생님이 도와준 뒤에야 정확히 관찰했다. 내 혈액 속에 들어 있는 또 다른 생명체를 대하고 나니 낯선 기분이 들었다.

모르는 대상을 알아내는 셋째 방법으로 익힌 것은 'PH 농도를 알아내는 지시약 만들기'였다. 자주색 양배추를 끓여서 PH 농도를 알아내는 지시약을 만들었는데 끓일 때 냄새가 나서 토할 뻔했다. 힘들게 만들었지만 완성한 지시약으로 알칼리성, 중성, 산성을 알아내는 실험을 해 보니 무척 신기했다.

실험을 하면서 궁금증이 생기면 선생님께 질문도 한다. 질문을 잘못했다가는 간혹 과제를 떠안기도 하는데, 대부분은 아주 친절하게 설명해 주신다. 양배추 지시약을 만드는 실습을 한 뒤에도 질문을 했는데 다행히 송윤정 선생님은 아주 친절하게 설명을 해 주셨다.

"자주색 양배추에는 안토시아닌이란 색소가 있어. 산성인지 염기성인지에 따라 안토시아닌은 색깔이 변해. 안토시아닌은 양배추뿐 아니라 다양한 꽃이나 열매에도 들어 있어. 열매나 꽃에 있는 안토시아닌은 동물을 끌어들이는 역할을 하고, 잎에 있는 안토시아닌은 강한 자외선에서 잎을 보호해 주는 역할을 해. 안토시아닌은 건강 보조 식품을 만들 때 사용하기도 하는데, 안토시아닌이 세포를 늙게 하는 활성산소를 없애는 항산화제로 작용하기 때문이야."

실험을 하고 나서 이런 설명을 들으면 귀에 속속 들어온다. 그냥 수업을 할 때보다 훨씬 이해도 잘되고, 지식이 풍부해지는 만족감이 든다. 끝없이 이어지는 질의응답을 할 때면 자연과학부 생활이 힘들다가도 실험을 하고 새로운 배움을 얻으면 자연과학부에 들어오길 참 잘했다는 생각이 들어 무척 뿌듯하다.

모르는 대상을 알아내는 넷째 방법으로 익힌 것은 '분광기'였다. 선생님은 분광기가 원소를 연구하는 가장 기본 기구라고 하면서 그 원리를 간단히 설명해 주었다. 그러고는 직접 실습을 하거나 실험을 할 줄 알았는데 한참 동안 컴퓨터과학부를 비난했다. 송윤정 선생님이 그런 모습을 보이다니, 뜻밖이었다. 선생님은 모임 때 과학 외에는 일절 거론하지 않는다. 질문 하나도 가르치고자 하는 목적에 맞게 던진다. 그런 선생님이 분광기를 설명하면서 컴퓨터과학부를 길게 비난(여기서는 좋게 순화해서 비난이라고 했지만 실은 욕에 가까웠다)한 까닭은 바로 예산 문제였다. 분광기를 비롯해 값비싼 실험 장비와 용액을 구입하려고 했는데, 과학분야에 배정된 예산에서 컴퓨터과학부가 지나치게 많은 금액을 가져가 버리는 바람에 자연과학부가 쓸 예산이 확 줄어들었다는 것이다. 선생님은 그 때문에 몹시 화가 나서 컴퓨터과학부 이명재 선생님과 심각하게 싸우기도 했다면서, 4차산업 운운하지만 컴퓨터 쪽에만 예산이 몰리는 현실을 안타까워했다. 기초 과학이 무너지면 4차산업혁명이고 뭐고 없다면서 울분을 토로했다. 선생님이 쏟아 내는 긴 불만을 들은 뒤에 실험실에 갖춰 놓은 낡은 분광기로 원소를 구분하는 실험을 했는데, 왜 선생님이 실험 장비가 낡았다고 불만을 터트리는지 알 만했다. 물질이 나타내는 고유한 스펙트럼을 공부한 뒤에 분광기로 실험을 했는데, 이론처럼 선명하게 보이지 않았다. 제대로 보인 모둠도 있고 아닌 경우도 있어서 제대로 된 스펙트럼을 보려고 이리저리 몰려다녀야 했다. 실험 장비가 잘 갖춰져 있으면 좋으련만, 아쉬움이 진하게 남는 실험이었다.

자연과학부에서는 황당한 실험도 가끔 한다. 진자 운동에 관한 공부를 할 때였다. 진자 운동은 용수철 운동, 추 운동, 현악기 등 주기를 두고 반복하는 운동을 말한다. 진자 운동이 뭔지 잠깐 질의응답을 한 뒤에 끈 길이 20센티미터, 추 무게 500그램 짜리가 어떤 진자 운동을 하는지 실험을 했다. 처음에는 중력 방향에서 30도만큼 들어올린 뒤 놓았을 때 주기가 어떻게 되는지 측정했다. 실험을 하는 곳마다 조금씩 오차는 있었지만 거의 같은 시간이 나왔다.

"그럼 각도를 60도로 하면 어떨까? 주기가 짧아질까, 느려질까?"

나는 당연히 느려진다고 생각했다. 이동 거리가 길어지니 주기가 느려지는 게 맞다고 생각했다. 실험해 보니 주기는 똑같았다. 왜 그렇지? 나는 답을 못 찾았는데 윤다은이 아주 정확하게 설명했다.

"높은 데서 떨어지면 움직이는 거리는 길지만 높은 곳에서 떨어지므로 속도가 빨라요. 낮은 곳에서 떨어지면 속도가 느리고요. 결국 거리와 속도가 반비례하므로 진동 시간은 동일해요."

정확한 대답이었다. 너무나 정확한 대답이어서 혹시 학원에서 선행을 해서 이미 알고 있던 게 아닌지 의심스러웠다.

"그럼, 이번에는 떨어뜨리는 각도와 끈 길이는 동일하게 하고, 추 무게만 늘려 보자. 주기가 어떻게 될까?"

이건 정확히 예상을 했다. 갈릴레이 갈릴레오가 한 실험에 관한 책을 초등학생 때 읽은 적이 있기에 결과가 어떤지 알았고, 이유도 알고 있었다. 무게는 떨어지는 속도에 영향을 주지 않으므로, 주기는 동일할 것이다. 실험 결과도 내 예상대로 나왔다. 문제는 그다음이었다.

40센티미터 끈으로 진자 운동 실험을 했는데 진동 시간이 훨씬 느려졌다. 예상은 했는데 문제는 그 이유였다. 도대체 왜 그런지 알 수가 없었다. 애들도 이런저런 답변을 했는데 그럴듯한 답변이 나오지 않았다. 그러자 송윤정 선생님은 갑자기 우리를 전부 데리고 운동장으로 나갔다. 선생님 손에는 긴 나무막대기가 들려 있었다. 점심시간이 15분쯤 남았을 때라 운동장에는 노는 학생들이 꽤나 많았다. 운동장에 있던 학생들은 신기한 구경거리라도 생겼다는 듯이 우리들 둘레로 모여들었다. 구경거리가 되기는 싫은데 송윤정 선생님은 아랑곳하지 않았다.

"자, 일렬로 서서 봉을 잡아."

우리는 선생님이 시키는 대로 봉을 잡았다. 나는 선생님과 가장 먼 거리에 있었다. 내가 싫어하는 이태경이 선생님 가까운 곳에 서 있어서 일부러 멀리 섰다.

"지금부터 너희들은 진자 운동을 할 거야. 내가 오른쪽이라고 하면 오른쪽으로 뛰고, 왼쪽이라고 하면 왼쪽으로 뛰어! 알았지?"

무더위에 가만히 있는데도 땀이 나려고 했다.

"자! 오른쪽으로 뛰어!"

우리는 모두 봉을 잡고 오른쪽으로 뛰었다.

"왼쪽!"

재빨리 몸을 돌려서 선생님 왼쪽 방향으로 뛰었다. 선생님과 멀리 떨어진 나는 봉을 잡고 엄청 빨리 뛰어야 했다. 선생님 가까운 데 있는 애들은 느리게 움직이며 여유를 부렸다. 몇 번 하지도 않았는데 땀이 났고, 숨이 찼다. 나와 같이 멀리 있던 예나와 승연이도 숨을 헐떡거렸다.

"선생님! 죽을 것 같아요."

우리가 하소연을 했지만 선생님은 아랑곳하지 않고 '오른쪽', '왼쪽'만 반복했다.

"야! 뭐가 힘들다고 그래! 쉽구만."

선생님 가까이 서 있던 이태경이 실실 웃으면서 우리를 놀려 댔다. 짜증이 났다. 다리에 힘이 풀리려고 할 때쯤 왕복 운동이 끝났다.

선생님은 줄을 바꿔 서게 했다. 자리를 바꾸자 승연이, 예나, 나는 선생님 가까운 자리로 갔다. 정말 수월했다. 조금도 힘이 들지 않았다.

"선생님! 힘들어요! 그만해요."

선생님과 가장 먼 데서 왕복 운동을 하며 뛰어다니던 이태경이 고래고래 소리를 질렀다. 물론 선생님은 아랑곳 않고 오른쪽, 왼쪽을 외쳤다. 이태경이 힘들어하는 모습을 보니 아주 통쾌했다. 이태경이 거의 실신할 듯한 목소리를 낸 뒤에야 선생님은 왕복 운동을 멈추게 했다.

거기서 끝내면 좋았을 텐데 선생님은 우리를 두 모둠으로 나누었다. 우리 모둠은 나, 예나, 승연이, 김정민, 정지환이었다. 다른 쪽 모둠은 이태경, 홍성현, 김성우, 김주현, 윤다은이었다. 선생님은 가까이 있던 나와 이태경에게 가위바위보를 시켰다. 내가 졌다. 그 순간에는 가위바위보에서 진 게 어떤 결과로 이어질지 알지 못했다.

선생님은 부채꼴을 그리더니 부채꼴 모서리에 섰다. 그러고는 우리 모둠을 일렬로 세웠다. 우리는 일정한 간격으로 끝까지 길게 늘어섰다. 선생님과 먼 쪽에 서면 어쩌나 걱정했는데, 다행히 남자애들이 먼 데 서 주었다. 김정민과 정지환은 땀을 삐질삐질 흘리면서도 우리를 배려해 주었다. 나는 중간에 섰다.

"이제부터 열 번 왕복할 거야. 왔다갔다 열 번이야. 알았지? 움직일 수 있는 한 최대한 빨리 움직여. 지면 실험실 정리하고 갈 테니까 그리 알고. 성현아! 너는 애들이 열 번 왕복할 때 얼마나 걸리는 지 시간을 재. 준비……, 출발!"

우리는 뛰었다. 최대한 빨리 뛰었다. 처음에는 속도가 났다. 왕복 운동을 할수록 힘들었다. 그나마 내 자리는 중간이어서 덜 힘들었지만 끝에 선 정지환은 땀을 비오듯이 흘렸고, 김정민은 숨을 헐떡거렸다. 힘들게 10번을 채우고 정지환과 김정민은 땅에 털썩 주저앉아 버렸다.

"자, 이번에는 다음 모둠! 너희들은 딱 중간까지만 서."

다음 모둠 애들은 촘촘히 섰다. 가장 끝에 선 김성우가 나와 같은 자리였다. 우리가 불공평하다고 항의했지만 선생님은 들은 척도 안 했다.

"방법은 같아! 채원아! 네가 시간을 재."

나는 선생님께 스마트폰을 건네받았다.

"준비……, 출발!"

엄청 빨랐다. 별로 뛰지도 않았는데 금방 10번을 채웠다. 시간을 견주는 게 무의미했다. 정지환과 김정민은 여전히 힘들어하는데 이태경을 비롯한 다른 모둠 남자애들은 싱글거리며 웃었다. 심지어 이태경은 우리를 향해 혀를 낼름 내밀기도 했다. 그걸 보고 윤다은과 김주현이 낄낄거리며 웃었다. 한 대 패 주고 싶은 걸 겨우 참았다.

이 모든 일은 다른 학생들이 구경하는 가운데 일어났다. 왕복 운동을 마치고 선생님이 물었다.

"왜 길이만 진동 시간에 영향을 끼치는지 알겠어?"

예쁘게 생긴 주현이와 똑똑한 김성우, 그리고 이예나가 손을 들었다. 선생님은 주현이를 시켰다. 주현이 이마에 땀이 송글송글 맺힌 게 보였다. 주현이는 땀 흘리는 모습도 예뻤다.

"끈이 짧은 추와 끈이 긴 추가 똑같이 움직이려면 끈이 긴 추는 짧은 추보다 아주 빠르게 움직여야 해요. 그렇지만 지구가 끌어당기는 중력은 똑같아요. 그러니까 추가 길어지면 진자 운동 주기가 느려질 수밖에 없어요. 에휴, 힘들다. 조금 전에 우리랑 저쪽이랑 시합을 할 때, 끈이 짧은 추가 우리고 끈이 긴 추가 저쪽이었어요. 힘은 같은데 이동 거리가 짧으니 우리가 더 빠를 수밖에 없었어요."

정확한 설명이었다. 수많은 애들에게 동물원에 갇힌 짐승들과 같은 구경거리가 된 것은 그리 썩 기분 좋은 경험은 아니었지만, 진자 운동에 담긴 원리를 정확히 이해하게 해 준 체험학습이었다. 이처럼 송윤정 선생님이 가르치는 방식은 독특하고 유별났지만, 효과는 확실했다.

분자 운동, 대류를 설명할 때도 선생님은 우리가 몸으로 경험하게 만들었다. 플라스틱 병을 조금 찌그러뜨린 뒤 뚜껑을 닫았다. 그러고는 뜨거운 물을 병 표면에 부었다. 그러자 찌그러졌던 플라스틱 병이 평평하게 펴졌다. 선생님은 왜 그렇게 됐는지 이유를 물었고, 선행학습을 한 김정민이 분자가 활발하게 운동하면서 부피가 팽창했다고 답변했다. 정확한 답변이었고, 우리는 그냥 기억하고 넘어가려고 했는데 선생님은 그 순간에 우리에게 또다시 몸으로 겪는 실험을 진행했다.

"왜 열을 받으면 분자는 활발하게 운동을 할까? 왜 분자는 차가워지면 부피가 줄어들까? 지금부터 그 이유를 경험할 거야."

선생님은 우리를 다닥다닥 붙어서 서게 한 뒤에 둘레로 온갖 전기기구를 꺼내서 열을 높였다. 뜨거운 기운이 순식간에 우리를 휘감았고, 옆 사람과 가까이 하기가 싫어졌다. 선생님이 멀리 떨어지지 말고 계속 그 자리에 있으라고 했지만 도저히 참기 힘들었다. 선생님이 자유롭게 움직이라고 하자 애들은 서로 멀리 떨어졌고, 땀을 식히려고 갖은 애를 썼다.

"자, 이제 에어컨을 틀 거야."

선생님은 전열 기구를 전부 끄더니 아주 세게 에어컨을 틀었다. 차

가운 바람에 열이 빠르게 내려갔고, 짜증이 가라앉고 부채질하던 손이 멈추었다.

"자, 원래대로 모이자."

조금 전처럼 더웠으면 절대 모이기 싫었겠지만, 시원했기에 우리는 군말 없이 다시 모였다. 그리고 왜 분자가 열을 받으면 부피가 팽창하고, 차가워지면 부피가 줄어드는지 자연스럽게 이해했다.

"물질을 이해하려면 그 물질이 된 듯이 상상해야 해."

그러면서 선생님은 벽에 걸린 TV 화면에 아인슈타인 사진을 띄웠다.

"너희들도 잘 아는 아인슈타인이야. 아인슈타인은 인류 역사상 가장 뛰어난 천재로 알려져 있어. 아인슈타인은 '상대성 원리'를 발견했는데, 실험도 안 하고 오직 생각으로만 그 위대한 발견을 해냈다고 해. 도대체 어떻게 생각한 걸까?"

송윤정 선생님은 잠깐 우리를 둘러봤다.

"그건 바로 상상이야. 자신이 빛이 되었다고 상상한 거지. 자기 몸이 빛이 되었다고 상상하고, 어떤 원리가 그 안에 숨겨져 있을지 생각했어. 상상을 깊이 파고들다가 가장 위대한 법칙을 발견해 낸 거야. 오늘 우리가 몸으로 한 것처럼."

송윤정 선생님 말에서 에너지가 느껴졌다. 송윤정 선생님이 아주 멋져 보였다. 도대체 이렇게 멋진 선생님께, 이렇게 멋진 수업을 따로 듣는데, 왜 자연과학부를 선배들이 다 그만두었는지 모르겠다. 몸으로 상상하기란 말을 들으면서 나는 내가 냄새 분자가 되는 상상을 했다. 내가 냄새 분자가 된다면 어떨까? 냄새 세상은 어떤 원리로 작동할까? 왜 나는 냄새를 만들어 낼까? 어떤 분자가 좋은 냄새를 내고, 어떤 분자가 고약한 냄새를 낼까? 잠깐 해 본 상상으로 답을 찾기는 불가능했지만, 상상을 잠깐 했음에도 기분이 묘하게 좋아졌다.

"아인슈타인이 죽은 뒤, 과학자들은 아인슈타인이 천재이니 뇌도 일반 사람과 다르리라 생각하고 연구를 했대. 그런데 연구 결과가 어떤지 알아? 무게도 더 무겁지 않고, 뇌 주름도 별 다를 게 없었다는 거야. 그 말은 생각하는 힘만 기르면 누구나 아인슈타인과 같은 위대한 업적을 이룰 수 있다는 뜻이야."

선생님 말을 마음 깊이 새기는데, 이태경이 좋은 분위기를 확 깨 버렸다.

"사진을 보니 아인슈타인은 뇌보다 얼굴에 주름이 더 많아 보이네요."

애들은 웃고 난리가 났다. 그 웃음으로 인해 선생님이 진지하게 전하려 했던 가르침은 삽시간에 사라지고 말았다. 선생님은 살짝 인상을 찌푸렸다. 하여튼, 이태경은 이래저래 마음에 안 든다.

B
지구가 평평하다고?

이태경

B 붕소(Boron). 원자 번호 5.
다이아몬드 다음으로 단단한 흑회색 준금속.
유리 화합물, 눈 세정제, 원자력발전 등에 쓰인다.

황당한 일을 겪었다. 평소에 데면데면하게 지내던 지성규 때문이다. 지성규가 내게 이상한 말을 했다. 말도 안 되는 궤변이어서 몇 마디 대꾸를 했는데 도리어 내가 논쟁에서 밀리고 말았다. 아무리 급식 먹으려고 자연과학부가 되기는 했지만 명색이 자연과학부인데 그런 황당한 주장에 제대로 반박하지 못하고, 흔들리기까지 한 내게 스스로 짜증이 났다. 그 일은 자연과학부 점심 모임에서 개미 퇴치약을 만들고 온 뒤에 벌어졌다.

몇몇 애들이 교실에 개미가 많다고 투덜거렸다. 송윤정 선생님은 아주 간단하게 개미 퇴치약을 만들 수 있다고 했고, 그날 개미 퇴치약을 만들었다. 준비물은 붕산(H_3BO_3) 가루와 설탕, 작은 병뚜껑뿐이었다. 준비물도 간단했지만 만드는 방법도 간단했다. 먼저 붕산 가루와 설탕

수상한 과학실, 빵을 탐하다

을 반반씩 섞는다. 그다음 적당히 물을 부어 반죽을 하고 병뚜껑에 담으면 완성이다. 송윤정 선생님이 해 준 설명에 따르면 붕산(H_3BO_3)은 붕소(B)를 중심으로 수소와 산소 원자가 각각 세 개씩 결합한 분자인데, 개미와 같은 곤충이 붕산을 먹으면 몸 밖으로 배설하지 못해 죽는다고 한다. 붕산은 사람한테 별 악영향이 없어서 교실에 두면 안전하게 개미를 퇴치할 수 있다고 했다. 만드는 방법이 단순했기에 금방 만들어서 교실로 돌아와 곳곳에 개미 퇴치약을 두었다. '자연과학부에서 만든 개미 퇴치약을 교실 곳곳에 두었으니 건드리지 마시오' 하고 쓰인 안내문을 교실 게시판에 붙이는데 지성규가 내게 말을 걸었다.

"별거 다 하네."

"자연과학부잖아."

나는 티가 나지 않을 만큼 잘난 척을 했다.

"그래 봐야 과학자들은 다 사기꾼이야."

지성규가 우쭐한 내 기분에 찬물을 끼얹었다. 과학자가 다 사기꾼이라니, 어이가 없어서 그냥 무시하고 내 자리로 돌아가는데 지성규가 나를 쫄래쫄래 따라왔다.

"진짜 다 사기꾼이야."

"말도 안 되는 소리 마."

"안 믿나 본데, 과학자들이 엄청난 거짓말을 대놓고 한다는 증거가 있어."

"증거? 뭔데?"

"지구가 둥글다고 알고 있지?"

"당연한 거 아냐?"

"그거 거짓말이야."

"거짓말? 둥글지 않으면 지구가 어떻게 생겼는데?"

"지구는 평평해."

나도 모르게 헛웃음이 나왔다.

"웃지 마! 다 근거가 있으니까. 지구는 평평한데 과학자들이 그 진실을 감추고 우리를 속이고 있어. 그러니까 과학자들은 다 사기꾼이야."

"말이 되는 소리를 해야 안 웃지."

"지구는 평평한 원반이야. 북극이 중심이고 남극 대륙이 원반 바깥을 감싸고 있어."

"어쭈? 그러서?"

내가 대놓고 비웃었지만 지성규는 진지하게 말을 이어갔다.

"지구 대기는 투명한 돔이 감싸고 있어."

"태양은? 태양은 어디 있는데?"

"태양은 돔 바깥에서 지구를 돌아. 달과 별도 마찬가지고."

나는 고개를 절레절레 흔들었다.

"인류는 돔 밖으로 나가지 못해."

"인공위성은 뭔데?"

"사기야."

지성규는 단호하게 내 말을 받아쳤다.

"인공위성에서 지구를 찍은 사진도 있어."

"그거 전부 포토샵으로 조작한 거야."

"우주선 타고 대기권 밖에 다녀온 사람도 있어."

"사기라니까. 너는 정부가 얼마나 사람들을 많이 속이는지 몰라서 그래."

"사기라고만 하면 다냐? 뭔 근거가 있어야지."

"좋아, 네가 과학부니까 내가 과학적인 근거를 대 줄게."

과학자를 다 사기라고 하면서 '과학적'이란 말을 쓰니 묘했다.

"지구가 도는 속도가 초속 1600킬로미터라고 하거든. 근데 그거 어마어마한 속도야. 그렇게 빠르게 도는데 적도 근처에 있는 물이 출렁거리지도 않고 가만히 있는 게 말이 된다고 생각하니?"

바로 반박하고 싶었는데 반박을 할 수가 없었다. 그럴듯하게 들렸기 때문이다.

"북극성 주위를 카메라로 계속 찍으면 별이 동그란 원을 그리는 모양으로 나와. 일 년 내내 모양이 변함이 없어. 지구가 태양 주위를 돈다고 하는데, 어떻게 모양이 하나도 안 변할까? 말이 안 되지?"

그럴듯한 근거였기에 또다시 반박을 할 수가 없었다.

"아폴로 11호가 달에 가지 않았다는 이야기는 너도 들어 봤지?"

자세히 알지는 못하지만 얼핏 들은 적은 있다. 정말 지구가 둥글지 않다는 말이 사실일까? 그렇지만 수많은 책에서 지구가 둥글다고 하는데 그건 어떻게 된 걸까? 그러다 책에서 읽은 내용이 갑자기 떠올랐다.

"그럼 배는 어떻게 된 건데?"

"배?"

"배가 바다로 나가면 점점 사라지고, 다가오면 점점 나타나잖아. 그건 지구가 둥글기 때문이잖아. 안 그래?"

나는 급소를 찔렀다고 생각했다. 그렇지만 지성규는 전혀 당황하지 않았다.

"그건 착시야."

"착시?"

"신기루가 어떤 원리인지는 알아?"

원리를 모르기에 나는 아무 말도 못 했다.

"열 때문에 빛이 꺾이면서 착시가 일어나는 거야. 배가 멀어지면 바다가 내뿜는 열 때문에 빛이 꺾이고, 그래서 마치 배가 점점 사라지는 것처럼 보이는 거야."

내가 어찌할 바를 모르니 지성규는 더욱 의기양양해졌다.

"빅뱅 이론도 사기야. 130억 년 전에 우주가 한 점에서 빵 터져서 만들어졌다니, 그걸 믿을 수 있니? 이 큰 지구가 한 점에서 나왔다고 해도 못 믿겠는데, 우주가 전부 한 점에서 비롯했다니, 너는 그걸 한 번도 의심 안 해 봤어?"

나는 심각한 표정이 되었다. 지성규가 너무나 그럴듯한 근거들을 제

수상한 과학실, 빵을 탐하다

시했기에 완전히 혼란에 빠지고 말았다. 그렇다고 지성규가 한 말을 그대로 믿지는 않았다. 다만 제대로 반박을 하지 못하는 내가 한심했다. 명색이 자연과학부인데······. 그래서 집에서 '지구평면설'(평평한 지구)을 주장하는 근거와 반박하는 근거들을 꼼꼼하게 찾아봤다. 많은 자료를 찾아본 결과, 결론은 명확했다. 지구가 평평하다는 주장은 거짓이었다. 지구는 여전히 둥근 모양이었다. 다행이었다.

나는 그다음 날 지성규에게 내가 알아낸 근거들을 설명해 주었다. 그렇지만 지성규는 고집스럽게 자기주장을 굽히지 않았다. 내가 아무리 타당한 근거를 대도 설득당하지 않았다. 도리어 내가 정부나 사기꾼 과학자들이 내놓은 속임수에 제대로 걸려들었다며 걱정하기까지 했다. 말이 안 통했다. 도대체 지성규는 왜 저러는 걸까? 왜 저렇게 말도 안 되는 주장을 믿는 걸까? 그런데 알고 보니 지구평면설을 믿는 사람이 꽤나 많은 모양이었다. 지성규 같은 사람이 꽤나 많다니 놀라웠다. 그 많은 사람이 왜 그렇게 황당한 주장에 끌리는지, 나로서는 도저히 풀 수 없는 수수께끼였다.

C
냄새 나는 실험설계

박채원

C 탄소(Carbon). 원자 번호 6.
다른 원자와 결합력이 강해 다양한 화합물을 만드는 비금속.
탄소 화합물은 생명체를 이루는 근본 원소다.

　자연과학부 생활은 아주 즐거웠다. 마구잡이로 쏟아지는 질문 때문에 곤혹스런 상황을 맞기도 하고, 황당한 실험을 하느라 창피를 당하기도 하지만 그래도 마음에 들었다. 과학 학원에서 강의를 듣거나 책을 통해서는 결코 기를 수 없는 능력이 자연과학부 생활을 통해 쑥쑥 자라남을 느꼈다. 틈만 나면 눈치 없이 나대는 이태경이 거슬리기는 했지만 서로 얽힐 일이 없었기에 걸림돌이 되지는 않았다. 그러다 5월 화창한 봄날, 재수 없게도 이태경과 얽히고 말았다. 한 번 얽히고 나니 자꾸 얽혔고, 결국 내 생활에 큰 걸림돌이 되고 말았다. 그 발단은 이렇다.

　금요일 오후, 제2과학 실험실에 가자마자 송윤정 선생님은 우리에게 제비뽑기를 하게 했고, 여자와 남자가 각 한 명씩 짝을 짓게 했다.

수상한 과학실, 빵을 탐하다

그때 재수 없게 이태경과 짝이 되고 말았다. 이태경이 싫긴 했지만 싫은 내색을 하지는 않았다. 괜히 싫은 티를 내서 갈등을 만들고 싶지는 않았다. 짝이 된 애들끼리 가까이 앉아야 했기에 나는 실험실 책상을 앞에 두고 이태경과 나란히 앉았다.

"오늘은 가설을 세우는 법, 가설을 바탕으로 실험을 설계하는 법을 익힐 거야. 내가 여러분이 해결할 과제를 여러 개 준비했어."

그러면서 선생님은 실험실에 걸린 TV 화면에 주기율표를 띄웠다.

"알다시피 주기율표야. 지금부터 내가 낸 문제를 잘 듣고 짝이랑 의논해서 답을 해 봐. 등수에 따라서 과제를 선택할 권한을 줄 테니 잘해."

나는 정신을 바짝 차렸다. 이럴 때 엉뚱한 과제를 떠안으면 모임 내내 고생하기 때문이다.

"주기율표 가운데 자연계에 자연스럽게 존재하는 원소는 총 92개야. 우리 몸도 자연에 속하니 당연히 주기율표에 있는 원소로 이루어져 있어. 물론 92개 모두가 우리 몸을 이루는 원소는 아니야. 자, 그럼 첫째 문제! 우리 몸을 이루는 원소 가운데 가장 많은 건 뭘까? 참고로 기준은 질량이야."

애들이 손을 번쩍 들었다.

"손을 들지는 말고. 짝이랑 서로 의논해서 앞에 놓인 종이에 쓴 다음 내가 들라고 하면 동시에 들어."

선생님 말이 끝나자마자 이태경이 볼펜을 꺼내더니 종이에 답을 쓰려고 했다.

"뭐 해? 의논도 안 하고?"

내가 말렸다.

"뭘 고민해. 뻔하잖아."

"뭔데?"

"물이지 뭐야. 우리 몸은 물이 70%란 말, 한 번도 못 들어 봤냐?"

이태경은 잘난 척하며 나를 깔봤다.

나는 하도 어이없어서 비웃어 주려다 겨우 참았다.

"선생님 말씀 못 들었어? 주기율표에서 고르라고 했잖아. 주기율표에 물이 있냐?"

"뭔 소리야? 우리 몸을 이룬 원소 가운데 가장 많은 걸 고르랬잖아? 언제 주기율표 가운데 고르라고 했어?"

"야, 주기율표를 보여 주고 우리 몸을 이루는 원소 가운데 뭐가 가장 많은지 고르라고 했으면 당연히 주기율표에서 골라야지. 주기율표를 봐. 물이 어딨어? 눈이 있으면 좀 봐라."

이태경이 나를 째려보고, 주기율표를 잠깐 살피더니 손을 번쩍 들었다.

"어, 태경아! 왜?"

"선생님! 주기율표에서 골라야 하나요?"

"그럼, 당연히 주기율표에서 골라야지. 내가 원소라고 했잖아."

자기 생각이 틀렸음에도 이태경은 볼펜을 들고 다시 종이에 뭔가를 쓰려고 했다.

"야, 뭘 쓰려고? 선생님 말씀 못 들었어? 물을 쓰면 안 된다고."

내가 정색을 하고 말렸지만 이태경은 멈추지 않았다.

"물이 70%, 물은 H_2O, 그러니까 H!"

이태경은 종이에 H를 아주 크게 썼다.

"H가 뭔지는 알지?"

또다시 이태경이 나를 깔보는 눈으로 쳐다봤다. 불쾌했지만 참았다.

"날 바보로 아냐? 수소잖아."

"그건 아네."

"근데 왜 수소가 답인데?"

"어이구, 산수도 못 하냐. 자 봐. 물은 H_2O, 수소 두 개에 산소 한 개! 하나와 둘 가운데 뭐가 더 큰 수인지는 알지?"

내가 문제 제기를 하려고 했지만 그때 선생님이 답을 들라고 했고, 이태경이 H가 쓰인 종이를 번쩍 들었다. 답을 보니 정지환－나승연 짝과 우리만 수소(H)로 쓰고 모두 산소(O)를 답으로 썼다. 답은 안타깝게도 산소였다.

그때 또다시 이태경이 손을 번쩍 들었다.

"선생님! 물은 H_2O, 수소가 두 개, 산소가 한 개인데 왜 산소가 더 많아요?"

"아까 문제를 낼 때 질량이 기준이라고 했잖아. 수소는 원자 번호 1, 원자량이 1.008, 산소는 원자 번호 8, 원자량 15.999. 개수는 수소가 더 많지만 질량으로 따지면 산소가 더 위지. 참고로 원자량은 각 원자의 질량을 탄소 원자를 기준으로 나타낸 상대 값이야."

바로 내가 하려던 말이었다. 이태경에게 멍청하다고 한마디 해 주고 싶었다. 이런 바보 같은 애와 짝이라니, 고생길이 훤했다.

"둘째 문제, 산소 다음으로 많은 원소는 뭘까?"

문제를 내자마자 이태경은 수소를 쓴 종이를 집어 들었다.

"야, 의논을 해야지, 왜 또 수소를 그대로 드는데?"

"뭘 의논을 해. 물이 70%인데 산소가 1등이면 수소가 당연히 2등이지."

"질량을 따져 봐야 하잖아. 그리고 그렇게 쉬우면 선생님이 이 문제를 내시겠어?"

"이게 다 반전인 거야. 너처럼 생각하는 애들을 역이용한 질문이라고. 나만 믿어."

나는 긴가민가했기에 물러서고 말았다. 선생님이 답을 들라고 하자 이태경은 아주 당당하게 답을 들었다. 그러나 답은 수소가 아니라 탄소ⓒ였다. 나승연과 정지환도 우리와 똑같이 수소를 써서 틀렸고, 나머지는 또 다 맞혔다. 내가 바보가 된 기분이었다. 속에서 열이 뻗쳤다.

"탄소는 수소, 헬륨, 산소 다음으로 우주에서 많은 원소야. 물론 수소와 헬륨에 견주면 거의 없는 거나 마찬가지지만. 지구에 사는 생명체는 모두 탄소 덕을 보고 있어. 탄소가 없으면 생명도 없어. 탄소는 수소, 산소와 함께 우리 몸을 이루는 핵심 원소야. 그러니 1위가 산소, 2

위가 탄소, 3위가 수소!"

이태경을 한 대 패 주고 싶었다.

"이제부터는 산소, 탄소, 수소 외에 우리 몸을 이루는 원소가 뭔지 돌아가면서 맞히기를 할 거야. 가위바위보를 해서 순서를 정한 뒤에 하나씩 말하고 틀리면 탈락! 많이 맞힌 만큼 점수! 알았지?"

가위바위보를 내가 하려고 했는데 또다시 이태경이 먼저 일어나 버렸다. 그리고 이태경은 꼴찌를 했다.

"이제부터 너는 하지 마!"

나는 이태경에게 단호하게 말했다.

"재수가 없었어."

"그래도 하지 마!"

"그래, 너 잘났다."

한마디 더 해 주려고 했지만 그러다 큰 소리가 날 듯해서 참았다.

"질소(N)!"

홍성현이 먼저 답변을 했다.

"출발 좋고. 질소는 넷째로 많은 원소야."

"칼슘(Ca)! 뼈가 칼슘이잖아요."

윤다은이 답했다.

"그렇지!"

선생님이 맞장구를 쳤다.

"나트륨(Na)이요."

김정민이 답했다. 내가 생각한 원소였는데 안타까웠다. 나트륨 다음으로 내가 떠올린 답은 염소였다. 소금을 이루는 주 성분이 염화나트륨($NaCl$)이라는 사실을 알고 있었기 때문이다.

"염소(Cl)가…… 있지 않나요?"

나승연이 자신 없게 답했다. 나승연이 염소라고 하니 잠깐이지만 머리가 멍해졌다.

"나트륨이 나오면 당연히 염소가 나와야지. 잘했어. 승연아!"

이제 우리 차례였다.

나는 재빨리 주기율표를 살폈다. 내가 한다고 했지만 이태경이 먼저 치고 나갈지도 모른다는 걱정에 마음이 급했다. 엄마가 드시는 영양제 가운데 아주 익숙한 원소 이름이 떠올랐다. 그래서 재빨리 답을 했다.

"철(Fe)입니다."

"그렇지! 철이 산소와 결합하기에 피가 붉은빛이지."

다행히 맞았다.

"자, 이제 다시 홍성현 – 김주현."

"칼륨(K)."

"좋고."

"마그네슘(Mg)."

"미네랄 하면 마그네슘이지."

"인(P)."

"핵산에 인이 없으면 안 되지."

"헬륨(He)."

나승연이었다.

"헬륨? 안타깝게도 틀렸어. 헬륨은 우주에 수소 다음으로 많지만 반응성이 거의 없는 원소야. 우리 몸은 다양한 분자로 이루어져 있는데 헬륨처럼 안정성이 높은 원소는 다른 원소와 결합하지 않기 때문에 몸을 이루는 구성 원소에 포함되지 않아."

"선생님!"

또다시 이태경이었다.

"전에 선생님이 헬륨 마셨잖아요. 그럼 그 원자 하나라도 몸에 들어 있지 않을까요? 그럼 몸에 있는 거 아닌가요?"

저런 바보 같은 질문을 하다니, 같은 짝인 게 부끄러워서 고개를 숙였다.

"좋은 질문이야."

선생님은 질문만 하면 다 좋다고 한다. 내가 보기에는 바보도 저런 바보 같은 질문이 없는데 말이다.

"태경아! 생각해 봐. 만약 우라늄을 어쩌다 먹어서 네 몸에 들어왔다고 해 봐. 그럼 너는 그걸 네 몸을 이루는 요소라고 생각할 거니?"

"그건 아니죠."

"맞아! 아니야. 우라늄이 우리 몸에 들어오면 방사능 때문에 아주 큰일이지. 헬륨도 마찬가지야. 그러니까 우리 몸을 이루는 원소로 인정하기 위해서는 그 원소가 없을 때 생체 기능에 이상이 생겨야 하고, 그 원소가 있으면 이상이 생긴 생체 기능이 정상으로 돌아와야 해. 예를 들어 채원이가 아까 말한 철은 모자라면 빈혈이 생기는데 보충해 주면 몸이 정상으로 돌아와. 그런 원소여야 우리 몸을 이루는 원소로 인정하는 거야. 당연히 철이 우리 몸에 어떤 작용을 하는지도 밝혀져야 하고. 이제 알겠니? 그러니까 몸에 들어왔다고 해서 우리 몸을 이루는 원소는 아닌 거야."

질문은 바보 같았는데 선생님 설명은 아주 훌륭했다. 우문현답이었다.

"자, 다시 갈까?"

내 차례였다.

어떤 답을 할지 막막했다. 일단 꼴찌는 아니니 다행이었다. 일단 원자 번호가 높은 쪽은 제외했다. 원자 번호가 낮은 쪽에 있는 원소일 가능성이 높았다. 헬륨에 대한 설명을 듣고 헬륨 아래에 있는 원소도 제외했다. 주기율표 세로 칸은 서로 특성이 비슷하다는 것을 알고 있었기에 헬륨이 안정한 원자여서 몸을 이루지 못한다면, 그 아래도 마찬가지라고 생각했다. 나는 이미 답이 나온 수소와 나트륨 사이에 있는 Li에 눈이 갔다. 리튬이었다.

"리튬(Li)!"

내가 답을 하자마자 이태경이 내 팔을 세게 쳤다.

"뭐야? 리튬은 전지를 만들 때 쓰는데 무슨 사람 몸에……."

그제야 리튬 이온 전지가 떠올랐다. 아무래도 틀린 듯했다.

"맞았어. 리튬! 아주 적은 양이지만 우리 몸에 꼭 있어야 하지."

"맞잖아."

나는 맞은 거보다 살짝 더 세게 이태경을 쳤다.

"베릴륨(Be)!"

홍성현이 답했다. 내가 보기에 리튬 옆에 있으니 맞을 듯했다.

"틀렸어."

예상 밖이었다. 홍성현 – 김주현 짝은 탈락했다. 이제 우리 말고 두 모둠 남았다. 이제부터는 그냥 운이었다.

"황(S)"

"요오드(I)."

다시 내 차례였다. 이태경은 몇 번 헛발질을 하고 나더니 나설 생각을 안 했다.

"플루오린(F)"

"빙고! 잘하네."

"구리(Cu)."

"망가니즈(Mn)."

"브로민(Br)."

다시 한 바퀴 돌았다.

"니켈(Ni)."

"스칸듐(Sc)."

"아, 틀렸어. 아쉽네."

김정민 – 이예나가 탈락했다.

"아연(Zn)."

내가 답했다. 다행히 맞혔다.

"크롬(Cr)."

"게르마늄(Ge)."

"틀렸어. 아쉽네."

게르마늄은 건강 용품과 관련해서 들었던 말이라 혹시나 해서 말했는데, 틀리고 말았다. 그렇지만 2등을 했기에 아쉽지는 않았다. 선생님이 화면을 바꿨는데 거기에는 조금 전에 보던 주기율표와 다르게 생긴 주기율표가 있었다. 초록색, 연두색, 노란색으로 몇몇 원소가 표시되어 있었다. 그 원소들이 우리 몸을 이루는 원소였다. 우리가 답하지 못한 원소는 셀레늄(Se), 코발트(Co), 바나듐(V), 몰리브데넘(Mo), 텅스텐(W), 비소(As), 실리콘(Si) 등이었다. 우리 몸에 필수인 원소가 이렇게 많다니, 참 신기했다.

과제는 김성우 – 윤다은이 먼저 골랐고, 김정민 – 이예나가 그다음으로 골랐으며, 내가 셋째로 골랐다. 나는 선생님이 준비한 여러 과제를 보자마자 단번에 그 과제가 눈에 띄었고, 무조건 내가 고르겠다고 생각했다. 그 과제는 바로 냄새에 관한 것이었다. 선생님에게서 건네받은 과제는 다음과 같았다.

수상한 과학실, 빵을 탐하다

사람 코에는 화학물질에 반응하는 수용체가 수천 개나 있다. 수용체에 분자가 달라붙으면 수용체가 그 신호를 뇌에 보내고, 뇌는 냄새를 인식한다. 따라서 수용체가 있어야 냄새를 맡고, 수용체가 없으면 냄새를 못 맡는다. 개는 사람보다 수용체가 훨씬 많기에 사람보다 훨씬 다양한 냄새를 맡는다. 그런데 식물은 코와 같은 후각기능을 지닌 감각기관이 없는데도 냄새를 맡는다고 알려져 있다. 과연 과학자들은 어떻게 식물이 냄새를 맡는지 여부를 실험했을까? 식물이 냄새를 맡는 능력이 있는지 여부를 확인할 수 있는 실험을 설계해 보라.

이태경과 내가 의논을 해서 실험을 어떻게 할지 설계해야 하는데 이태경이 내가 선택한 과제를 두고 계속 투덜거렸다. 무슨 이런 냄새 나는 과제를 받았냐는 황당한 불만이었다. 나는 모른 척했다. 내 덕분에 3등을 했으니 내 뜻대로 고르는 게 당연하다고 생각했다.

"실험을 할 때는 기발한 방법을 떠올려야 하는 경우가 많아. 예를 하나 들어 볼게. 너희들은 식물이 광합성으로 산소를 만들고, 그 덕분에 동물인 우리가 호흡하며 산다는 걸 알아. 그런데 정말 식물이 광합성으로 동물이 호흡하는 데 필요한 기체를 만들어 주는 걸까? 그 지식은 진짜일까?"

식물이 광합성을 한다는 것은 지구가 둥글다는 지식처럼 당연한 상식이었다. 당연한 지식이었기에 진짜인지 여부를 확인하는 실험을 어떻게 하냐고 물으니 잠깐 막막해졌다. 그걸 어떻게 알까? 질문을 받았기에 다들 습관처럼 방법을 고민하는데 송윤정 선생님은 그냥 바로 실험 방법을 알려 주었다.

"여기 식물이 있어. 벌레도 있고. 첫째 실험은 벌레를 투명한 비닐로 밀폐한 공간에 두는 거야."

송윤정 선생님은 칠판에 간단한 그림을 그렸다.

"실험 결과는 명확해. 다들 알겠지만 공기가 통하지 않는 밀폐된 공간에 오래 있으면 벌레는 죽어. 물론 사람도 마찬가지지. 첫째 실험을 통해 우리는 외부 공기를 차단하면 벌레가 죽는다는 사실을 확인했어."

선생님은 '실험1 - 죽음'이라고 그림 아래에 썼다.

"다음으로 투명한 비닐로 밀폐한 공간에 식물과 벌레를 함께 넣어 둬. 실험해 보니 시간이 지나도 벌레가 죽지 않아. 둘째 실험을 통해 우리는 식물이 있으면 벌레가 산다는 사실을 알게 돼."

선생님은 '실험2 - 생존'이라고 썼다.

"식물은 어떻게 벌레가 생존하게 만들었을까? 궁금증을 안고 셋째 실험을 해. 셋째 실험은 투명한 비닐이 아니라 까만 비닐로 밀폐한 공간에 벌레와 식물을 두는 거야. 까만 비닐을 쓰면 식물과 벌레가 있는 공간에 빛이 들어가지 않아. 빛을 차단했을 때 어떤 일이 벌어지는지 확인하는 실험이야. 시간이 지난 뒤에 확인해 보면 첫째 실험처럼 벌레가 죽은 걸 확인하게 돼."

선생님은 '실험3 - 죽음'이라고 썼다.

수상한 과학실, 빵을 탐하다

"이 실험을 통해 식물이 빛을 받아서 벌레가 호흡하는 데 필요한 기체를 만든다는 사실을 알 수 있어. 물론 그 기체가 뭔지, 어떤 원리로 만들어지는지는 몰라. 그건 다른 실험으로 알아봐야지."

정말 기발한 방법이었다.

"이 간단한 실험에는 실험을 실험이게 하는 핵심 원리가 두 가지 들어 있어. 첫째, 변인 조작이야. 이 실험에서 계속 유지되는 조건은 밀폐고, 움직이는 조건은 식물과 빛이야. 실험 용어로 하면 밀폐는 '통제변인'이고, 식물과 빛은 '조작변인'이야. 즉 실험을 한다는 것은 나머지 모든 조건이 똑같을 때 어떤 조건을 바꾸면 어떤 결과가 나오는지 확인하는 거야."

"그거 함수 개념이잖아요."

김성우가 끼어들었다.

"그렇지!"

김성우는 참 똑똑하다. 인정할 수밖에 없다.

"핵심 원리 둘째, 견줄 대상이 있어야 한다는 거야. 이 실험에서 식물이 빛을 받아 벌레가 호흡하는 기체를 만드는 사실을 알 수 있었던 것은 대조되는 실험을 진행했기 때문이야. 첫째 실험을 했기에 둘째 실험을 통해 식물이 벌레를 생존하게 하는 뭔가를 만들었다는 사실을 알아냈어. 첫째 실험을 '대조군'이라 하고, 둘째 실험을 '실험군'이라고 해. 둘째 실험을 하고 셋째 실험을 했기에 식물이 호흡할 수 있는 기체를 만드는 데 필수임을 알아냈어. 셋째 실험을 기준으로 하면 둘째 실험이 '대조군', 셋째 실험이 '실험군'이지."

선생님은 칠판에 '대조군 − 실험군'이라고 썼다.

"대조군이라고 하니 어렵게 들리지만 간단히 말하면 대조군은 기준이야. 이 볼펜은 무거울까, 가벼울까? 이 책은 무거울까, 가벼울까? 이렇게만 물으면 아무런 답도 못 해. '볼펜과 책은 지우개보다 무거울까, 가벼울까?' 하고 물어야 답을 할 수 있어. 이때 지우개는 어떤 물건이 무거운지 가벼운지 판단하는 기준이 되기에 대조군이고, 볼펜과 책은 무거운지 가벼운지 판단하는 대상이 되기에 실험군이야."

대조군 − 실험군이라고 해서 어려웠는데, 지우개와 볼펜, 책으로 설명해 주니 금방 이해가 됐다.

"물론 이 외에도 실험하는 데 필요한 개념, 지켜야 할 원칙은 많지만, 그건 차차 배우기로 하고 오늘 과제를 수행할 때는 이 두 가지 개념과 원칙만 정확히 지키도록 해. 자, 이제 서로 논의! 시간은 30분!"

선생님 지시에 맞춰 다들 의논하기 시작했다. 이태경이 마음에 들지 않았지만 짝을 바꿀 수는 없었기에 이태경과 의논에 들어갔다.

"선생님이 주신 문제를 봐. 문제를 보면 그냥 식물이 냄새를 맡는지 여부를 확인하는 실험을 설계해 보라고 곧바로 지시하지 않고, 수용체에 대한 설명을 길게 해 놨어. 어쩌면 이게 문제를 풀 실마리가 아닐까?"

나는 수용체가 핵심 열쇠라고 판단했다. 식물에서 냄새 수용체를 어떻게 찾아내야 하는지를 설계하면 된다고 여겼다. 이태경과 이 점을 논의하다 보면 정확히는 아니더라도 어떤 해결책이 나오리라고 기대했다. 이처럼 나는 제법 깊이 고민한 끝에 의견을 냈는데 이태경은 듣는 둥 마는 둥 했다.

"어렵게 고민하기는……. 쉽잖아."

이태경은 아주 자신만만했다.

"뭔데? 혹시 이미 아는 거야?"

이태경이 이미 알고 있다면 과제가 아주 쉽게 풀릴 것이다. 나는 기대에 차서 물었다.

"알기는 무슨……. 딱 문제 보면 답이 나오니 그렇지."

이태경이 카이스트에 견학을 가서 이상한 질문을 하고, 모임 때마다 나대서 눈꼴시었는데, 나는 감도 잡지 못한 문제를 자신만만하게 대하는 태도를 보고 이태경이 다르게 보였다.

"정말? 방법이 생각난 거야?"

"당연하지!"

"뭔데?"

"너무 빨리 해결책을 찾으면 또 다른 문제를 받는 거 아니야?"

"그런 걱정은 말고. 방법이나 말해 봐."

이태경은 오만한 얼굴로 잔뜩 거드름을 피우다가 느릿하게 말했다.

"방귀를 뀌면 되지."

"뭐?"

짜증이 확 치밀어 소리가 크게 나왔다.

"무슨 말 같지 않은 소리야?"

혹시나 선생님 귀에 들어갈까 봐 얼른 목소리를 낮췄다.

"방귀를 뀌면 식물이 반응을 보일 거 아니야? 안 그래?"

하도 어이없어서 말문이 막혔다.

"사람도 방귀 냄새를 맡으면 코를 움켜쥐거나 얼굴을 찌푸리잖아. 당연히 식물도 냄새를 맡을 줄 안다면 방귀에 반응을 하겠지."

이태경은 아주 당당했고 자신만만했다.

"반응을 하는지 안 하는지는 어떻게 아는데?"

"뭔가 변화가 있겠지? 그것까지 내가 말해야 돼? 문제는 네가 선택했잖아. 뭐 아는 게 있어서 이 문제를 선택한 거 아니야?"

이태경이 나를 타박하니 울컥 부아가 치밀었지만 내 인내력을 최대치까지 끌어올려서 참았다. 그동안 이태경이 보여 준 태도로 봤을 때 무조건 틀렸다고 하면 그대로 따를 가능성이 없었다. 적절한 반박 논리를 제시해서 스스로 취소하게 만들어야 했다. 나는 조금 전에 선생님이 설명해 주었던 대조군 – 실험군 개념을 활용하기로 했다.

"그럼 대조군과 실험군은 뭐로 할 건데?"

나는 급소를 찔렀다고 믿었다. 이태경이 내 지적에 얼른 수긍하고 자기 의견을 철회하리라 믿었다. 안타깝게도 나는 이태경이 어떤 애인지 제대로 몰랐다.

"대조군은 방귀 냄새 안 맡은 식물, 실험군은 방귀 냄새를 맡은 식물이면 되잖아."

수상한 과학실, 빵을 탐하다

내 일격은 허무하게 빗나갔다. 나는 포기하지 않고 다시 칼을 날렸다.

"통제변인, 조작변인은 어떻게 할 건데?"

"나 참, 그것도 생각 못 하냐? 도대체 너는 자연과학부에 어떻게 들어왔냐?"

이태경이 나를 깔봤다. 속이 부글부글 끓었다.

"밀폐된 공간에 방귀를 넣으면 되지. 처음에는 밀폐된 공간에 방귀를 조금 넣고, 점점 방귀를 많이 넣으면서 식물이 보이는 반응을 관찰하면, 방귀가 조작변인이잖아. 이제 알겠냐?"

뭔가 어설픈데, 분명히 제대로 된 실험 방법이 아니라는 직감이 드는데 뭐라고 반박할 수가 없었다.

"넌 잘 모르겠지만 '마인크래프트'란 게임에서 방귀를 뀌면 식물이 잘 자라. 그건 뭐야? 식물이 방귀 냄새를 맡으면 잘 자란다는 거잖아."

"그건 게임이잖아?"

"게임이지만 만든 사람들이 나름 근거가 있으니 그렇게 만들었을 거 아냐."

"그럼 방귀 냄새를 맡은 식물이 더 잘 자라는 결과라도 나온단 말이야?"

"뭐 그럴 수도 있지."

"그게 말이 돼?"

"어차피 실험을 계획하는 거잖아. 실험해 보면 되잖아."

이태경은 똥고집을 부렸고, 나는 설득에 실패했다. 아까운 시간이 흘렸다. 이태경에게 휘말리면서 냄새 수용체를 찾는 실험을 어떻게 설계할지 의견을 나누려던 내 의도는 방귀 속에 묻히고 말았다.

"내가 다 알아서 발표할 테니, 너는 가만히 있어."

이태경은 자신만만했고, 나는 방귀 냄새에 짓눌려 대꾸도 못 했다. 30분은 생각보다 훨씬 빨리 지나갔고, 방귀 냄새 외에는 다른 방법은 검토해 보지도 못한 채 발표 시간을 맞이했다.

발표 순서를 정하는데 다들 먼저 하기를 꺼렸다. 다들 자신이 없어서 뒤로 빼는데 이태경이 먼저 발표를 하겠다고 나섰다. 내가 옷깃을 잡아당기며 말렸지만 아랑곳하지 않았다. 선생님은 박수를 치며 이태경을 지목했고 이태경은 당당하게 앞으로 나갔다.

"저희 과제는 식물이 냄새를 맡는 능력이 있는지 여부를 확인하는 실험 설계입니다. 방법은 아주 간단합니다. 바로 방귀 냄새를 맡게 하는 거죠."

방귀란 낱말이 나오자 갑자기 모두 웃음을 '빵~!' 하고 터뜨렸다.

"우리도 누가 방귀를 뀌면 코를 막고 인상을 찌푸리잖아요. '누가 방귀 뀌었어?' 하며 짜증도 내고."

웃음은 점점 걷잡을 수 없이 커졌다. 송윤정 선생님조차 손으로 입을 가리며 키득거렸다.

"그러니까 식물들도 방귀 냄새를 맡으면 분명히 반응을 보일 거란 말이죠. 방귀 냄새를 맡았는데도 식물이 반응을 안 보이면, 그건 식물이 냄새를 못 맡는 거라고 결론을 내리면 됩니다."

이태경은 그걸로 발표를 끝냈고, 과학 실험실은 웃음소리로 들썩거렸다. 나는 부끄러워서 얼굴을 들 수 없었다. 제발 내가 낸 의견은 아니라는 걸 알아줘! 이건 이태경이 혼자 낸 의견일 뿐이야!

"자, 진정, 진정!"

한참 웃으시던 선생님이 애써 웃음을 지우더니, 웃음에 들뜬 애들을 진정시켰다.

"좋아! 혹시 질문 있니?"

선생님 말이 끝나자마자 모두 손을 들었다. 다들 짓궂은 표정들이었다. 선생님이 정지환을 지목했다.

"실험에 필요한 방귀는 어떻게 모을 거야?"

"그건……."

"잠깐!"

선생님이 답변하려는 이태경을 막았다.

"질의응답은 존댓말로 하세요."

"실험에 필요한 방귀는 이떻게 모으실 겁니까?"

정지환이 '거야'를 존댓말인 '겁니까'로 바꾸었는데도 전혀 존댓말처럼 들리지 않았다.

"구멍에 대고…… 뿡……."

'구멍'과 '뿡'이란 낱말이 나오자 애들은 또다시 크게 웃음을 터트렸다. 책상을 치며 웃는 애, 배를 움켜쥐며 웃는 애, 웃다가 뒤로 넘어지는 애도 있었다. 그럴수록 내 등은 더 구부러졌다. 쥐구멍은 어디 없나?

"식물 잎에 대고 직접 방귀를 뀌는 게 좋을까요? 포집해서 하는 게 더 좋을까요?"

정지환이 다시 물었고, 웃음은 또다시 방귀를 참은 배처럼 빵빵하게 부풀어 올랐다.

"실험이니 포집을 해야죠."

애들이 웃거나 말거나 이태경은 꿋꿋하게 답변을 이어갔다. 웃음 때문에 제대로 된 질의응답은 불가능했다. 그대로 질의응답이 끝나나 했을 때 송윤정 선생님이 나섰다.

"냄새를 맡으면 식물에 어떤 변화가 있을 거라고 예상하니?"

"코를 막겠죠!"

정지환이 두 손으로 자기 코를 막았다. 애들은 또다시 웃었다.

"그만! 이제, 그만!"

선생님이 정색을 했고, 웃음은 순식간에 사그라졌다.

"그럼, 태경이는 어떤 변화가 있을지 전혀 예상도 안 하고 실험을 한다는 거네?"

"변화를 관찰하면 되지 않나요? 뭔가 변화가 있겠죠."

"어떤 변화? 잎이 흔들릴까? 물관이 확장될까? 체관이 더 활발하게 움직일까? 기공이 닫힐까? 광합성이 더 빨리 일어날까? 색소에 변화가 생길까? 변화는 수없이 많아. 무엇을 관찰할지 정하지 않고 막연히 관찰하면 아무 것도 알 수가 없어. 도대체 뭐가 변할까?"

선생님이 강하게 몰아붙였고, 이태경은 잠깐 당황한 듯 머리를 긁적였다.

"그게, 저, 아! 방금 기공이라고 하셨죠? 냄새가 나면 기공이 닫힐 거예요. 기공이 공기가 통과하는 곳이면 냄새가 나면 분명히 기공에서 반응이 올 거라고 봅니다."

이태경은 다시 당당한 표정을 되찾았다.

"기공에 어떤 반응이 일어날 거라는 가설은 그럴듯해. 자, 여기서 아주 중요한 말이 나와! 바로 '가설'이야. 실험을 하는 목적은 바로 '가설을 검증하기 위함'이야. 목적 없이 그냥 하는 실험은 제대로 된 실험이 아니야. 가설을 세우고, 그 가설을 검증하는 게 실험이야. 다양한 실험을 통해 가설이 검증이 되면 가설은 이론으로 받아들여져. 그러니까 태경이는 '식물이 방귀 냄새를 맡게 하면 기공에서 평상시와는 다른 반응이 나타날 것이다' 하는 가설을 세운 거야. 어때? 그럴듯하니?"

갑자기 분위기가 바뀌었다. 애들은 조용해졌고 이태경은 자신만만함을 넘어 거만함을 풍겼다.

"실험군과 대조군, 통제변인과 조작변인을 어떻게 설정할지도 들으면 좋겠지만, 너무 시간을 많이 썼으니 첫 발표는 이걸로 마치자. 아무튼 옳고 그름을 떠나서 아주 재미있는 가설이었어."

이태경은 활짝 웃으며 자리로 돌아왔다. 잘했다고 칭찬을 들었지만 나는 짜증이 울컥 밀려왔다.

"태경이가 말한 가설은 아주 재미있기는 한데……. 김빠지는 얘기를 해서 미안하지만, 잘못된 가설이야."

선생님이 '잘못된 가설'이라고 하니 귀가 번쩍 열렸다.

"아주 오래 전부터 선조들은 설익은 과일을 잘 익은 과일 옆에 두면 설익은 과일이 빨리 익는다는 걸 알았어. 잘 익은 과일에서 나는 향이 설익은 과일을 자극해서 빨리 익게 만드는 거지. 그리고 식물은 벌레에게 공격을 당해 위험한 상황이 되면 특별한 향을 분비해. '기체 크로마토그래피 – 질량분석법'이라고 식물에서 나는 향을 분석하는 기술이 있어. 이 기술로 옆에 있는 식물이 공격을 당하면, 공격을 당하지 않은 다른 식물들도 향을 맡고 공격에 대비한 방어 물질을 만든다는 사실을 알아냈어. 그러니까 방귀보다는 식물을 갉아먹는 벌레를 이용하는 실험을 계획하는 게 훨씬 나았을 거야. 어쨌든 엉뚱하지만 재미있는 가설이었어."

선생님 말씀을 듣고 나니 짜증이 사라지고 꽉 막힌 대장이 뻥 뚫린 듯 기분이 상쾌해졌다. 잔뜩 일그러진 얼굴을 기대하며 이태경을 봤는데, 이태경은 여전히 싱글벙글이었다. 잘못된 가설이라고 선생님이 확인까지 해 주었는데도 뭐가 그리 좋은지 모르겠다. 아무튼 못 말리는 애다. 다시는 같이 묶이고 싶지 않았다.

수상한 과학실, 빵을 탐하다

거울아, 거울아! 누가 못생겼니?

N

이태경

N 질소(Nitrogen). 원자 번호 7.
대기의 75%를 차지하고 생명체를 이루는 주요 성분.
질소는 비료를 만드는 주재료이며 폭약의 기본 원료이다.

방귀 때문에 박채원과 한참 다퉜다. 송윤정 선생님은 나를 엄청 칭찬했는데 박채원은 나를 비난했다. 자기가 선생님보다 더 뛰어나다고 믿는 걸까? 아주 오만하기 그지없다. 자기는 아무런 실험 방법도 못 내놨으면서 애써서 찾아내고 발표까지 한 나를 비난하다니, 아주 못됐다. 나승연, 이예나까지 한 무리로 뭉쳐 나를 비난하는 바람에 짜증이 나서 미치는 줄 알았다. 아무튼 여자애들은 툭하면 뭉쳐서 만만한 사람을 괴롭힌다.

그날 이후로 박채원은 틈만 나면 나를 째려봤다. 우연히 복도에서 마주쳐도 째려보고, 급식실에서 마주쳐도 째려보고, 등굣길에 스쳐 지나가도 째려봤다. 평소에는 전혀 얼굴도 마주치지 않았는데 그때는 이상하게도 자꾸 얼굴을 마주했고, 그때마다 나를 멸시하는 표정을 지었다. 자기 혼자만 그러면 무시하겠는데, 주변에 무슨 말을 했는지 다른 여자애들도 똑같은 표정으로 나를 대했다. 여자애들끼리 뒤로 수군대는 게 분명했다. 나도 없는 데서 여자애들끼리 뒷말하는 장면이 떠올라 몹시 불쾌했다. 초등학생 때, 여자애들과 얽혀서 벌어졌던 나쁜 일들이 떠올라 더 기분이 더러웠다.

똥은 무서워서 피하는 게 아니라 더러워서 피하는 것이다. 어떡하든 마주치지 않으려고 신경을 곤두세웠다. 박채원이나 박채원이 함께 다니는 여자애들이 보이면 재빨리 피했다. 다행히 같은 반이 아니어서 교실로 들어오기만 하면 피할 수 있었다. 그런데 자연과학부 모임은 피하려고 해도 피할 수가 없어서 문제였다. 자연과학부 모임을 할 때면 박채원은 마치 혐오하는 벌레라도 보듯 나를 대했다. 참고 참다가 금요일 점심 모임을 마치고 나오면서 결국 화가 터지고 말았다.

"야, 그만 좀 해!"

"내가 뭘 어쨌다고?"

"맨날 이상한 눈으로 보잖아."

"내가 언제?"

"지금도 그러잖아!"

"눈이 삐었냐? 내 눈을 내 맘대로도 못 하냐?"

"쳐다보지도 마!"

"나도 자유가 있거든!"

"날 깔볼 자유는 없어!"

"내 맘이거든."

"날, 벌레 보듯 하지 말라고!"

"자신이 벌레 같은지는 아나 보네."

"아, 진짜, 못생긴 게 성격도 더러워!"

"뭐라고?"

박채원이 버럭 화를 냈다.

"야, 그 말 취소해!"

"나를 벌레 취급해 놓고……, 벌레라고 한 말부터 취소해!"

"네가 더럽게 굴었잖아."

"쌤이 칭찬했는데 네가 무슨 상관이야?"

"그걸 믿냐? 상처받지 말라고 칭찬해 준 거지!"

"하여튼…… 성격 더러운 것들 보면 꼭 못생겼어."

"야, 이태경! 그 말 취소하라고!"

박채원이 소리를 버럭 질렀다.

제대로 급소를 찌른 모양이다. 급소를 찔렀으면 후벼파야 한다. 나를 벌레 취급한 데 대한 보복이니 제대로 헤집어야 한다.

"내가 틀린 말 했냐? 성격 더러운 여자애들 보면 꼭 못생겼다고? 딱 너잖아!"

"야, 이 씨~!"

화를 참지 못한 박채원이 손을 들어 나를 때리려고 했다. 여자애에게 맞을 내가 아니다. 나는 잽싸게 피한 뒤 비웃음을 날려 주고는 우리 반 교실로 뛰어들어가 버렸다. 박채원은 우리 반 교실 문 앞에 서서 나를 노려보며 씩씩거렸다. 열이 받쳐서 어쩔 줄 모르는 박채원을 보니 아주 통쾌했다.

그러고 나서 얼굴을 안 봐야 하는데, 금요일 방과후 모임에서 또 박채원을 봐야 했다. 적당한 핑계를 대고 모임에 빠지려고 했지만 생각을 고쳐먹었다. 박채원은 자기가 무서워서 내가 피했다고 여길 게 뻔했기 때문이다. 나는 피하지 않고 당당하게 자연과학부 모임에 참여했다. 제2과학 실험실에 들어갈 때부터 박채원은 나를 째려봤다. 하이에나가 썩은 고기를 먹으려고 작정했을 때 눈빛이었다. 다행히 나는 썩은 고기가 아니었다. 그런 시선을 피할 내가 아니었다. 나는 피하지 않고 같이 노려보았고, 그럴수록 박채원은 더 짜증이 나는 듯했다. 나는 송윤정 선생님 눈을 피해 가끔 혀로 '메롱'을 날려 주었고, 박채원이 분을 참지 못하는 모습을 즐겼다. 그러다 보니 모임은 어느 때보다 즐거웠다.

송윤정 선생님이 교탁 위에 과자를 수북하게 쌓아 놓고, 질소(N)에 대해서 여러 가지 설명을 해 줄 때는 기분이 더욱 좋았다. 실험 목적은 과자에 질소 기체를 넣는 까닭을 파악하는 것이었는데, 실험도 하고 실험이 끝나고 과자도 먹을 수 있다는 기대도 있었기 때문이다. 늘 그렇듯이 잠시 질의응답이 오가고 실험할 시간이 왔다. 그런데 갑자기 모든 즐거움이 사라지는 황당한 일이 벌어지고 말았다.

수상한 과학실, 빵을 탐하다

"자, 이번 주도 저번 주와 같은 조로 과제를 하자."

같은 조라니, 그러면 박채원과 한 조가 되어 또다시 과제를 하라는 말이었다. 저런 못생기고 성격 더러운 여자애와 같은 조가 되어 과제를 수행하기는 싫었다. 무슨 핑계를 대서 짝을 바꿔 달라고 할지 궁리를 하는데 박채원이 손을 번쩍 들었다.

"쌤! 저 이태경과 같이 하기 싫어요."

나도 너랑 하기 싫거든!

"무슨 일 있니?"

송윤정 선생님이 손에 들고 있던 분필을 실수로 떨어뜨렸다.

"저 보고 못생긴 게 성격도 나쁘다고 하잖아요."

박채원은 살짝 울먹거렸다. 손가락으로 톡 건드리면 곧 울음을 터트릴 기세였다. 하여튼 여자애들은 불리하면 꼭 울음을 무기로 삼는다.

"이태경! 너 채원이한테 정말 그렇게 말했어?"

송윤정 선생님이 매섭게 물었다. 표정이 무서웠다. 그대로 있다간 나만 나쁜 놈이 될 판이었다. 그대로 당할 내가 아니었다.

"채원이가 먼저 저를 벌레 취급했어요."

내 말은 바로 효과를 발휘했다.

"채원아! 태경이 말이 사실이니?"

송윤정 선생님이 나를 보던 무서운 표정을 박채원에게 돌렸다.

"이태경이 먼저 이상한 짓을 했단 말이에요."

박채원은 억지를 부렸다.

송윤정 선생님은 두 손을 허리에 얹고는 나와 박채원을 매섭게 번갈아 보았다.

"성현아! 여기 과제가 여러 개 있으니 네가 알아서 각 조에게 나눠 주고 수행하도록 해. 너희 둘은 잠깐 나가서 나 좀 보자."

나와 박채원은 송윤정 선생님을 따라서 학생상담실로 갔다. 박채원은 자신에게 유리한 말만 골라서 송윤정 선생님에게 쏟아 냈다. 말 한마디 한마디가 다 거슬려서 모조리 반박하고 싶었지만 송윤정 선생님이 박채원 말이 끝날 때까지 기다리라고 해서 참았다. 내 차례가 왔고 나는 사실 그대로만 말했다. 박채원이 나를 얼마나 벌레 보듯 했는지 수없이 많은 사례를 제시했고, 점심 모임이 끝나고 나서 벌어진 말다툼에서 박채원이 나를 얼마나 함부로 대했는지 낱낱이 고발했다.

재반박 기회가 주어지자 박채원은 또다시 억지를 부리며 나를 못된 놈으로 만들었다. 내게 기회가 왔을 때 나는 정당한 내 행동을 변론했고, 박채원이 얼마나 못됐는지 선생님을 설득했다. 말발은 내가 한 수 위였다. 박채원은 억지를 부렸고, 나는 정당한 논리를 제시했기 때문이다. 그런데 송윤정 선생님은 이렇게 명확한 상황에서도 박채원을 나무라지 않고 둘 다 잘못한 걸로 결론을 내리려고 했다.

"둘 다 서로에게 사과하면 안 되겠니?"

당연히 나는 거부했다. 어이없게도 박채원도 선생님 제안을 거부했다. 선생님이 마음을 많이 써 주었는데도 받아들이지 않다니, 역시 박채원은 성격이 엉망이다.

"채원아! 태경이를 벌레라고 한 말, 잘못이 아니라고 하지는 않겠지?"

"이태경이 더럽게 굴었단 말이에요. 그리고 어떻게 성격 더럽고 못생겼다고 막말을 해요."

박채원은 여전히 억지를 부렸다.

"태경이, 너는 그 말 취소하고 사과할 생각 없니?"

"채원이가 먼저 잘못했는데, 왜 제가 먼저 사과해요?"

나는 억울했다.

"채원이 넌 정말 계속 사과 안 할 거야?"

박채원이 씩씩거리며 나를 한참 노려보더니, 송윤정 선생님 쪽으로 고개를 돌릴 때는 불쌍한 표정을 지었다. 두 표정이 순식간에 바뀌는 모습이 마치 그리스로마 신화에 나오는 야누스 같았다.

"이태경이 그 말 취소하고 사과하면 저도 사과할게요."

"태경이 넌, 그 말 취소할 생각 없니?"

"제가 먼저 잘못한 게 아닌데, 제가 왜 먼저 취소해요. 박채원이 사과하면 저도 취소할게요."

그때 선생님 눈에서 묘한 빛이 돌았다.

"사과 여부를 떠나서, 너는 그 말이 옳다고 믿는 거니?"

그 눈빛이 무슨 의미인지 그 순간 알아채야 했는데…….

"보세요! 여기 딱 이렇게 증거가 있잖아요."

나는 두 손을 아주 공손하게 만들어서 박채원을 떠받들어 줬다.

"좋아!"

송윤정 선생님은 두 손으로 깍지를 끼고는, 깍지 낀 손으로 턱을 괬다.

"내가 보기에는 둘 다 잘못을 했어. 그런데 자존심을 세우느라 둘 다 사과는 먼저 안 하겠다고 고집을 부리는 거야. …… 그러면 이렇게 하자. …… 태경이가 한 말이 과연 타당한지 검증해서, 타당하면 채원이가 먼저 사과하고 나중에 태경이가 사과해. 만약에 타당하지 않으면 태경이가 먼저 사과하고 채원이가 나중에 사과하는 걸로 하자. 내 제안 어때?"

받아들이기 싫었다. 내가 한 말이긴 하지만 타당한지 안 한지 검증하는 방법이 쉬워 보이지 않았기 때문이다. 무엇보다 명백히 박채원이 잘못을 했는데 내가 먼저 사과하고 싶지는 않았다. 박채원도 선뜻 송윤정 선생님이 한 제안을 받아들이지 못했다. 그러나 송윤정 선생님은 아주 작은 협박을 했고, 나는 굴복할 수밖에 없었다.

"둘 다 받아들이지 않겠다면, 어쩔 수 없지. 나는 이런 관계인 두 사람을 같은 자연과학부 안에 둘 수 없어. 과학은 협력이야. 협력하지 못하면 아무런 성과도 이룰 수 없어."

내가 자존심이 조금만 강했다면 바로 자연과학부를 그만두었을 것이다. 그러나 내게는 자존심보다 급식이 더 중요했다. 나는 곧바로 선생님 제안을 받아들였다. 박채원은 화들짝 놀라더니 재빨리 선생님 제안을 받아들였다. 자연과학부에서 쫓겨나는 게 뭐 그리 큰일이라고 저렇게 화들짝 놀라는지 모르겠다.

"그 대신 조건이 있어. 둘이 같이 연구를 해서 결론을 내리고. 같이 연구하는 동안에는 불가침협정을 맺어!"

"불가침이 뭔데요?"

불가침이란 말이 뭔지 몰랐다. 그러니 물을 수밖에 없었다. 박채원 앞에서 무식해 보이긴 싫었지만 어쩔 수 없었다.

"서로를 공격하는 말뿐 아니라 그 어떤 적대 행위도 금지라는 뜻이야! 만약 이를 어기면 단순히 자연과학부에서 내보내는 걸로 끝내지 않고 공식 징계 절차로 넘길 거야. 협박 같아서 싫지만 어쩔 수 없어. 이건 선생님으로서 하는 경고야!"

송윤정 선생님이 단호하게 말했다.

"태경이 주장이 타당한지 여부는 순수하게 두 사람 노력으로만 검증하고 결론을 내야 해. 인터넷에서 검색해서 손쉽게 해결하려고 하거나, 다른 사람에게 도움을 받으려고 하지 마. 만약 두 사람 가운데 이 규칙을 먼저 어기는 사람이 있다면 그 사람이 패한 거야. 알겠지?"

나는 그 규칙을 받아들일 수밖에 없었다.

"과학을 하는 사람은 말로만 싸우지 않아. 참된 과학을 하는 자연과학부답게 연구로 주장을 검증해. 기한은 일주일 줄게. 다음 금요일 방과후 모임 때까지 '성격 더러운 여자는 꼭 못생겼다' 이 주장이 옳은지 그른지 검증해 와. 검증 방법과 결론은 반드시 보고서로 정리해서 제출하고."

그렇게 나와 박채원이 황당한 대결을 벌이게 됐다. 벌이고 싶지 않은 대결이지만, 이왕 벌이는 대결이라면 무조건 이기겠다고 각오를 다졌다.

　나와 박채원은 일요일 늦은 오후에 만났다. 약속도 힘들게 잡았다. 박채원은 중학교 1학년인데 뭔 학원을 그렇게 많이 다니는지 모르겠다. 약속을 잡기까지 부아가 치밀 때가 많았지만 화를 내면 패배이기에 꾹 참았다. 둘이 만나서 의논할 때도 짜증이 났지만 꾹 참았다. 내 인내심은 참 대단했다.

　"어떻게 연구할 거야?"

　첫마디부터 재수없었다.

　"간단해. 우리 학교에서 성격 더러운 여자애들을 골라 낸 뒤에 걔들이 예쁜지 안 예쁜지 보면 되잖아."

　나는 아주 명쾌하게 연구 방법을 제시했다.

　"성격이 나쁜지 좋은지 어떻게 구분해?"

　"뭔 소리야? 그게 연구 주제잖아."

　이렇게 독해력이 떨어지다니 한심했다. 기계에 향기를 입히는 연구 따위는 얼른 포기하라고 말해 주고 싶었다. 빨리 꿈을 포기하라고 말하고 싶었지만 그러면 불가침협정 위반이기에 또다시 참았다.

　"너는 성격이 나쁘다고 하는데, 나는 성격이 좋다고 하면, 어쩔 건데?"

　"그러니까 여러 애들 평판을 들어서 결정해야지. 아니면 너랑 나랑

　　　　　수상한 과학실, 빵을 탐하다

둘이 모두 동의할 만한 애들만 고르면 되고."

"네가 우기면……."

"아니, 그러니까 다른 애들 평판을 들어서 결정하자고 했잖아."

"그러다가는 연구 대상이 되는 애들 귀에 들어가면 어쩌려고?"

"난 상관없어."

"너만 괜찮으면 다니? 여자애들은 그런 거 엄청 민감해."

"그건, 네 사정이고."

"야!"

박채원이 소리를 질렀다.

"어. 너, 불가침협정 위반하는 거야?"

박채원 얼굴이 붉으락푸르락해졌다. 송윤정 선생님이 내건 조건인 불가침협정은 내게 아주 훌륭한 방어 무기이자 공격 무기가 되었다. 놀려도 대놓고 화를 못 내는 박채원을 보니 아주 통쾌했다. 웃음이 나오려는 걸 억지로 참았다. 웃음 참기가 화 참기보다 더 힘들었다. 박채원은 심호흡을 하고 손으로 부채질을 몇 번 했다.

"아무튼 곤란한 일은 안 돼."

"그럼 어쩌자고? 안 된다는 말만 하지 말고, 대안을 내놔!"

박채원은 가방에서 공책을 꺼냈다. 그러더니 내가 한 주장을 글로 썼다.

성격 더러운 여자는 꼭 못생겼다

그 밑에 P와 Q를 쓰더니 내 주장을 둘로 나눠서 P와 Q 옆에 썼다.

P : 성격 더러운 여자

Q : 못생겼다

그러고는 P와 Q, 화살표, 물결 표시를 써서 문장을

P → Q 가 참이면

~Q → ~P 도 참이다

아무리 봐도 무슨 말인지 알 수가 없었다.

"뭐 하냐? 지금!"

"논리학 기호야. 네 주장은 명제가 될 수 없지만, 어쨌든 검증을 하라고 쌤이 시켰으니 논리학 명제로 표시해 본 거야."

나는 본 적도 없는 기호였다. 중학교 1학년생이 쓸 만한 기호는 아니었다. 학원에서 선행을 하거나, 이 과제를 하려고 다른 사람에게 도움을 받은 게 분명했다.

"너, 다른 사람한테 도움받은 거야?"

"의심하지 마! 전에 독서논술 학원에서 토론하다 배웠을 뿐이니까."

어차피 검증할 수 없는 변명이었기에 더 따지고 들지는 않았다.

"P이면 Q이다가 참이면 '~Q이면 ~P이다'도 참이야. 여기서 물결 표시는 Not, 그러니까 부정을 뜻해."

그러고는 내 주장을 살짝 비틀어서 썼다.

예쁜 여자애는 성격이 좋다.

속임수였다. 두 문장은 엄연히 다르다. 박채원은 나를 바보로 아는 게 분명했다.

"그게 어떻게 같은 말이야?"

"누가 같다고 했어? 예쁜 여자애는 성격이 좋다는 주장이 참이면 네가 말한 주장은 저절로 참이 되고, 만약 이 문장이 거짓이라면 네 주장도 거짓이 된다고."

"딱 봐도 다르잖아."

나는 곧바로 반박했다. 누구를 바보로 아나!

박채원은 한숨을 쉬더니 종이에 마구잡이로 글을 휘갈기며 설명을 했다.

"중학생은 중학교에 다닌다는 문장을 봐. 중학생이 P이고 중학교에 다닌다가 Q야. 이걸 P → Q로 쓸 수 있어. 이 명제는 참이야. ~Q → ~P 는 중학교에 다니지 않으면 중학생이 아니다는 말이야. 이것도 참이지? 그러니까 P → Q가 참이면 ~Q → ~P도 참이라고."

"그럼 ~P → ~Q는 뭐야? 중학생이 아니면 중학교에 안 다닌다! 이건 뭐냐고?"

나는 제대로 허점을 공략했다. 역시 나는 똑똑해.

"중학생이 아닌 선생님도 중학교에 다니잖아. 그러니 중학생이 아니면 중학교에 안 다닌다는 문장은 참이 아니지."

맞는 말이었다. 그러다 P와 Q를 뒤집은 Q → P로 반박하려다 그만두었다. '중학교에 다니면 중학생이다' 이 문장 역시 참이 아니었다. 아마도 박채원이 설명하는 논리는 맞는 듯했다. 그렇지만 받아들이고 싶지는 않았다. 예쁜 여자는 성격이 좋다는 걸 검증하면 아무래도 내가 더 불리할 듯했다.

"'예쁜 여자는 성격이 좋다' 이 문장이 참이면 네 주장도 참이야. 그러니까 모두가 예쁘다고 하는 애들을 골라서 성격이 정말 좋은지 검증해 보는 거야. 성격이 더러운 애들을 찾아다니면 애들이 기분 나빠하지만, 예쁜 애를 찾아다니면 기분도 안 나쁘고, 다들 이상하게 여기지도 않을 거니까. 예를 들어 김주현 같은 애는, 누가 봐도 예쁘잖아."

김주현이 예쁘다는 말은 인정한다. 김주현은 성격이 딱히 나쁘지도 않다. 김주현을 떠올리니 아무리 봐도 내 주장을 밀고 나가는 게 유리할 듯했다.

"어쨌든 안 돼! 내 주장을 검증하자고 했으니 내 주장을 직접 검증해야지. 너처럼 이상한 방법을 쓰면 안 돼."

"이게 왜 이상한 방법이야? 논리학이라고, 논리학!"

이럴 때 밀리면 안 된다.

"어쨌든 내 주장이니 내 주장을 직접 검증해야 맞아."

박채원은 입을 다물고 팔짱을 낀 채 나를 노려보더니 연필을 탁 내려놓았다.

"좋아! 그럼 너는 너 방식대로 해! 나는 내 방식대로 할 테니."

"뭔 소리야? 쌤이 함께 연구해서 결론을 내리라고 한 말 기억 안 나?"

"각자 연구를 한 뒤에 합치면 되잖아."

박채원이 계속 고집을 부렸다. 어차피 방법을 합의하기도 어렵고, 무엇보다 둘이 같이 다니면서 조사하기는 싫었기에 더는 따지지 않고 각자 하자는 제안을 받아들였다.

"금요일에 내야 하니까 목요일에 만나서……."

"목요일은 안 돼. 학원이 꽉 찼어."

"뭐, 안 되는 게 이렇게 많아?"

"수요일 방과후에 만나서 정리해."

"조사한 걸 정리도 해야 하는데, 그러면 조사를 이틀밖에 못 하잖아."

"이게 뭐 대단한 연구라고……. 이틀도 길어."

태어나서 이렇게 막무가내인 여자애는 처음 봤다. 더 따져 봐야 소용이 없었다. 박채원 말대로 월요일과 화요일에 각자 조사를 하고, 정리한 뒤에 수요일 방과후에 만나서 보고서를 합치기로 했다.

'내 연구 첫 사례는 바로 너다! 그건 잘 알겠지?'

나는 이 말을 대놓고 하고 싶었지만 마지막 인내심을 발휘했다.

나는 성격 못된 여자애를 먼저 찾고, 그 여자애들이 예쁜지 못생겼는지 판단하는 연구를 하면 된다. 박채원은 예쁜 여자애를 먼저 찾고 그 여자애들이 성격이 좋은지 나쁜지 판단하면 된다. 처음에는 두 연구가 그리 큰 차이가 없다고 생각했다. 그러다 내가 몹시 불리한 연구임을 알았다. 나는 성격 못된 여자애를 아무리 많이 찾아서 못생겼다고 증명을 해도 내 주장이 입증되지 않는다. 왜냐하면 여전히 성격 못된 여자애 가운데 예쁜 애가 있을 가능성은 남아 있기 때문이다. 그 반면에 박채원은 많이 찾지 않고 자기주장에 부합하는 사람을 딱 한 명만 찾으면 된다. 그러니까 예쁜데 성격 못된 여자애를 단 한 명만 찾아내면 끝난다. 아무래도 각자 연구를 하고 정리를 하는 방식으로 합의를 하는 게 아니었다.

그러다 예쁜 여자, 성격 못된 여자라는 정의가 명확하지 않다는 데 생각이 미쳤다. 아무리 다른 사람들 평판을 고려해서 결정한다고 해도 예쁨과 추함, 좋은 성격과 못된 성격은 모두가 동의하는 구분이 불가능하다. 생각이 여기에 미치자 나는 내 주장이 검증하지 않아도 그리 옳지 않다는 사실을 알아챘다. 내가 주장하긴 했지만 내 주장은 검증이 불가능하고, 지극히 내 중심인 사고이며, 어떤 면에서는 아주 나쁜 편견이었다. 입맛이 씁쓸했다. 그렇지만 지고 싶지 않았다. 박채원에게 결코 승리를 안겨 주고 싶지 않았다.

우현이는 컴퓨터를 잘 다룬다. 아무래도 조사를 많이 하고, 조사 결과를 깔끔하게 정리하려면 우현이 도움이 절실했다. 우현이에게 전화를 걸었다. 나는 먼저 박채원이 얼마나 못됐는지 씹어 댔다. 우현이는 내 친구답게 맞장구를 쳤다. 내가 박채원과 자존심을 걸고 대결을 벌인다고 했더니 적극 도와주겠다고 했다. 친구가 지는 꼴은 못 보겠다면서 박채원 코를 아주 납작하게 해 주겠다고 큰소리를 쳤다. 그런데 내가 하려는 조사를 설명하자마자 우현이가 정색을 했다.

"야, 그런 조사는 못 도와주겠는데……."

"아니, 조금 전에는 도와주겠다며?"

"그거야 이런 조사인지 몰랐으니 그렇지."

"도대체 왜 못 도와주는데?"

"얼굴 평가는 인권 침해야."

"인권 침해?"

"넌 그것도 모르냐?"

우현이 입에서 인권이란 말이 나오다니 어처구니가 없었다.

"이명재 쌤이 인공 지능에서도 연구하는 사람에 따라서 심한 차별이 이뤄지기도 한다면서 인공 지능을 연구하는 사람은 더더욱 인권과 차별에 민감해야 한다고 하셨어. 인권 침해를 하는 연구를 하는 인공 지능연구자는 인공 지능 발전을 위해서도 퇴출해야 한다고 했단 말이야. 그러면서 인권이 얼마나 중요한지 입에 침이 마르도록 강조하셨어. 내가 그런 교육까지 받았는데, 얼굴을 평가하는 조사를 도와줄 수는 없지."

"야, 넌 내 친구잖아."

"미안해. 다른 일이라면 내 과제를 못 하는 한이 있어도 널 돕겠지만, 이런 일은 도울 수 없어."

우현이가 이리 나올 줄은 몰랐지만 어쩔 수 없었다. 어떤 경우에도 내 편을 들었던 우현이가 이렇게까지 나온다면 친구인 나로서도 더는 부탁할 염치가 없었다.

우현이 다음으로 친하게 지내는 현석이에게 전화를 했는데 이번에는 정반대로 갑갑한 말을 들었다.

"야, 우리 학교 여자애들은 다 못생겼어. 예쁜 애가 어딨냐? 우리 학교 여자애들은 싹 개판이야. 얼굴도 성격도!"

현석이는 여자애들을 까는 막말을 했다. 여자애들 전체를 싸잡아서 비난하는 현석이는 조사를 할 때 도움보다는 방해가 될 가능성이 높았다. 다른 친구들에게도 전화를 걸어서 부탁을 했지만, 도움을 주겠다는 답변을 얻지 못했다. 혼자 모든 조사를 하려니 막막했다. 이럴 때 백설공주 이야기에 나오는 거울이 있으면 얼마나 좋을까?

'거울아, 거울아! 누가 못생겼니?'

'거울아, 거울아! 누가 성격이 안 좋니?'

이렇게 물어볼 때마다 딱딱 대답해 주는 마법 거울이 있으면 참 좋을 텐데, 안타깝게도 내게 마법 거울은 없다. 어쩔 수 없이 내 주관대로 해야 했다.

조심스럽게 우리 반 여자애들 가운데 못생긴 애들을 꼽아 보고 성격을 정리했다. 나쁜 면을 찾으려고 작정을 해서인지 몰라도 다들 안 좋은 면만 보였다. 우리 반을 다 정리한 뒤에는 옆 반을 조사했다. 친구에게 놀러간 척하고 들어가서 딱 봐도 못생긴 애들을 파악했다. 친구에게 물어서 조심스럽게 이름을 파악하고, 성격을 확인했다. 여자애들에게는 물어볼 수가 없어서 내가 아는 인맥을 총동원해서 평판을 수집했다. 내 예상과 맞는 결과가 쌓여 갔다.

물론 내 예상을 아주 벗어난 경우도 있었다. 여자라면 무조건 욕하는 현석이 반에 이선혜라고 있다. 이선혜는 딱 봐도 못생겼는데 성격이 좋다. 다들 칭찬이 자자했다. 심지어 현석이마저 이선혜는 됨됨이가 참 괜찮다고 인정했다.

"선혜는 완전 별종이야. 착해도 지나치게 착해서 걱정이야. 도대체 사람을 의심할 줄을 몰라. 늘 주려고만 하고 남들이 싫어하는 일도 나서서 하고. 얼굴만 에쁘면…… 완전 내 이상형인데. 쩝!"

여자라면 맨날 헐뜯기만 하는 현석이가 이 정도면 다른 남자애들한테는 물어보나 마나였다. 이선혜를 조사한 결과는 내 주장에 반했다. 이선혜에 관한 조사 자료를 두고 한참 고민하다 조사 자료에서 이선혜를 빼 버렸다. 내게 불리한 자료를 빼 버렸기에 자료 조작이었지만 어쩔 수 없었다. 박채원에게 지기는 싫었다.

수요일 오후에 내가 정리한 자료를 들고 박채원을 만났다. 나와 박채원은 보고서를 서로 교환했다. 박채원은 이상한 논리를 채택한 배경을 설명하고, 연구 방법, 과정, 조사 결과를 아주 짜임새 있게 써 왔다. 당연히 결론은 나와 정반대였다. 나는 내가 조사한 수많은 조사 대상을 나열한 뒤, 수많은 자료를 검토한 결과 내 결론이 맞다는 주장으로 끝맺음했다.

결론도 다르고 보고서 전개 방식도 판이했기에 타협이 잘되지 않았다. 박채원은 자신이 정확하다고 우겼고, 나는 내 의견을 굽히지 않았다. 더 길게 논쟁해야 했지만, 박채원이 학원에 가야 할 시간이 되어서 헤어져야 했다. 어쩔 수 없이 각자 조사한 것을 따로 정리해서 송윤정 선생님에게 내기로 했다.

금요일 점심 모임을 빨리 끝내고 송윤정 선생님이 우리 둘을 불렀다. 나는 꼼꼼하게 정리한 보고서를 제출했다. 새벽 세 시까지 잠도 안 자고 정리한 보고서였다. 내가 새벽까지 잠을 못 잔 까닭은 꼼꼼하게 자료를 첨부하느라 오랜 시간이 걸렸기 때문이다. 그동안 조사했던 여학생들 사진을 SNS에서 찾아내서 일일이 보고서에 첨부했다. 물론 첨부한 사진은 다 이상하고 괴상망측했다. 또한 SNS나 단체 대화방에서 이상하게 말한 내용도 모조리 찾아내서 첨부했다. 사진은 못생김을 증명했고, SNS와 단체 대화방 글은 못된 성격임을 증명했다. 무척 힘들었지만 개인 의견이 아니라 객관적인 의견임을 입증하기 위해서는 필요한 자료였다. 박채원은 수요일에 내가 본 자료를 그대로 제출했다. 내 보고서는 박채원이 낸 보고서보다 세 배는 더 두꺼웠다. 두께로 보면 내 승리였다. 또한 사진을 비롯해 타당한 자료를 실었기 때문에 내가 보고서를 더 잘 썼다고 송윤정 선생님이 판정을 내려 주리라 믿었다.

그런데 송윤정 선생님은 박채원이 더 낫다고 판정을 내렸다.

"이유가 뭐죠? 도대체 왜 박채원이 쓴 보고서가 저보다 낫다는 거죠?"

나는 억울함에 목소리까지 조금 떨려 나왔다.

"채원이 보고서가 훨씬 짜임새가 있고, 논리 전개가 탄탄해. 연역 논리를 사용해서 조사 방법을 바꾼 점은 아주 탁월해. 조사 대상을 선정할 때 보여 준 객관성도 아주 좋아. 아름다움과 좋은 성격은 개인에 따라서 판단 기준이 달라. 태경이 너는 혼자서 판단을 내린 반면에 채원이는 다양한 친구들이 제시한 의견을 반영했어."

"저는 사람 평판이 아니라 사진과 SNS와 단체 대화방의 글 등 객관적인 자료를 제시했어요. 이게 훨씬 나은 거 아닌가요?"

"그래! 객관성을 담보하려는 노력은 인정해. 그렇지만 이 사진들을 봐. 전부 엽기 사진이야. 제대로 된 사진이 없어. 이건 일부러 못생기게 나온 사진만 골랐다는 의미야. 글도 마찬가지야. 맥락은 제대로 살피지 않고 어느 한 대목만 잘라서 붙여 놓으면 아무리 성인군자라도 나쁜 사람으로 만들 수 있어. 그러니까 사진을 쓰고, 글을 그대로 인용했다고 해서 객관성이 담보되지는 않아."

나는 수긍할 수 없었다.

"그래도 객관성을 담보하려고 노력했잖아요?"

"그 점은 인정한다니까. 그리고 네 논리에는 오류 가능성이 존재해. 네가 수많은 자료를 조사해서 결론을 내렸지만, 그게 다 옳다고 해도, 네 결론이 옳지 않을 가능성은 여전히 남아 있어. 태경이 네가 조사하지 않은 사람 가운데, 네 논리에 부합하지 않은 사람이 존재하기만 하면 네 논리는 무너져. 그런 사례가 나타나지 않을 때까지만 네 논리는 성립하지."

송윤정 선생님이 지적한 것은 이미 나도 걱정하고 있던 사항이었다.

"그리고, 여길 봐."

송윤정 선생님은 박채원 보고서에서 마지막 결론 바로 앞에 있는 대목을 손으로 짚었다. 거기에는 아주 익숙한 이름이 있었다. 바로 이선혜였다. 이선혜라는 이름은 수요일에 내가 박채원 보고서를 살폈을 때는 없었다. 아무래도 나와 만나고 난 뒤에 첨부한 모양이었다. 그때 일부러 나에게 안 보여 준 걸까? 아니면 뒤늦게 떠올라서 집어넣은 걸까? 박채원이 응큼한 속셈으로 그리했는지, 아니면 문득 떠올라서 추후에 집어넣었는지는 알 수 없었다. 그렇지만 나는 박채원이 응큼한 속셈으로 그리했다고 판단했다. 박채원은 충분히 그럴 만한 애였다.

"여기 선혜 인터뷰 보이지? 선혜는 스스로 못생겼다고 인정했어. 그리고 수많은 애들이 선혜가 얼마나 착한지 증언한 자료도 있고. 심지어 선혜가 속한 반 애들 전체에게 물었는데 단 한 명도 예외 없이 선혜는 정말 착하다는 투표 결과도 있어. 이 정도면 네 주장을 반증하는 사례로 충분하지?"

나는 수긍할 수밖에 없었지만, 수긍이라고 알아차릴 만한 그 어떤 신호도 내보내지 않았다.

"주장이 옳고 그른지를 떠나서 채원이가 쓴 보고서가 더 짜임새 있고, 논리에 부합하는 방식으로 구성되어 있다는 내 판단에 문제가 있으면 지적해 볼래?"

나는 입을 꾹 다물고 아무 말도 안 했다.

"내 판단이 불공정하다고 생각하면 다른 선생님에게 판단을 맡겨볼 수도 있어. 원하면 논문 심사를 전문으로 하는 대학 교수님께 평가를 부탁할 수도 있고."

그렇게까지 하고 싶지는 않았다. 그렇게 한다고 해서 승패가 뒤바뀐다면 모르겠지만 내가 보기에도 승패가 뒤바뀔 가능성은 없었다. 짜증이 났지만, 자존심이 상했지만, 나는 패배를 인정했다. 그리고 박채원에게 먼저 사과하는 굴욕을 당했다. 박채원은 의기양양하게 나를 깔봤고, 성의 없는 말로 자기도 미안하다고 했다.

"태경아! 이번에는 실패했네. 어때? 실패를 통해 뭐 배운 거 없어?"

송윤정 선생님이 일부러 부드러운 웃음을 지으며 내게 물었다. 나는 굳은 얼굴로 아무 말도 안 했다. 나는 실패한 게 아니라 패배했다. '실패는 성공을 위한 디딤돌', '성공은 실패를 낳는 어머니'와 같은 명언들은 내게 전혀 위로가 될 수 없었다. 나는 패했고, 굴욕을 당했으며,

자존심에 상처를 입었다.

"네 반응을 보니 태경이 너는 이번 대결에서 그저 졌다고만 여기는구나. 패배한 사람은 억울하고, 실패한 사람은 도전해. 패배로 받아들이느냐, 실패로 받아들이느냐는 아주 큰 차이가 있어. 과학은 성공하는 사람들보다는 실패한 사람들이 쌓아 올린 탑이야. 사람들은 성공한 소수에게만 눈길을 주지만, 실패가 없었다면 성공도 없었어. 따지고 보면 실패도 큰 성과야. 실패는 아니라는 증거를 확인함으로써 다음에 연구하는 사람이 실패할 확률을 줄여 줘. 실패를 가슴에 새긴 사람, 남이 한 실패에서 배우는 사람, 그런 사람이 새로운 창조를 이루어 내지. 그래서 하는 말이야. 너는 실패를 통해 뭘 배웠니?"

카이스트 견학 가는 날, 송윤정 선생님이 이명재 선생님과 다투면서 주고받던 대화가 떠올랐다. 송윤정 선생님은 도대체 왜 그렇게 실패를 중요하게 여기는지 모르겠다. 시험에서 실패하면 등수가 내려가고, 엄마 아빠 눈치 봐야 하고, 학원에서 구박을 당한다. 실패는 패배고, 패배는 억울한 일을 당해도 싸다는 낙인이다. 나는 대결에서 졌고, 기분이 나쁘다. 패배했으면 나중에 반드시 복수하겠다고 다짐해야 한다. 졌으면 이를 악물고 복수할 기회를 찾아야 한다. 그게 내가 살아오면서 쌓아올린 신념이다. 물론 내 신념을 송윤정 선생님에게 말하지는 않았다. 그저, 아무 말 없이 버티다가 5교시 수업에 맞춰 과학실에서 빠져나왔다.

신나게 걷는 박채원 다리를 걸어 버리고 싶다는 충동을 참느라 교실까지 가는 데 무척 힘들었다. 그 순간에는 복수를 참았지만 언젠가는 복수하리라 다짐했다. 잘난 척하는 박채원 뒤통수를 한 대 갈겨 주고 말 것이다. 이대로 물러나면 나는 이태경이 아니다.

○

빵 한 조각이 빚어낸 당파 싸움

박채원

○ 산소(Oxygen). 원자 번호 8.
우주에서 수소, 헬륨 다음으로 많으며 생명 활동의 필수 성분.
대기의 20% 정도를 차지하며 수소와 결합해 물이 된다.

어느 날, 엄마가 빵을 잔뜩 사 왔다. 아무것도 안 먹고 사흘 내내 빵만 먹는다고 해도 다 먹지 못할 만큼 많은 양이었다. 엄마는 황당한 일을 벌일 때가 가끔 있다. 넘쳐나는 빵을 보니 기가 막혔다.

"엄마! 이 많은 빵을 누가 다 먹어?"

"천천히 먹으면 돼."

"빵은 오래 두면 상하는데 어떻게 천천히 먹어?"

"이 빵들은 안 상한대."

"방부제라도 팍팍 넣은 빵이라는 거야, 뭐야?"

"이건 천연……."

그때 동생이 소리를 지르며 빵을 향해 달려들었다.

"와! 빵 산이다!"

동생은 빵이라면 눈이 뒤집힌다. 밥은 안 먹고 빵만 먹으려 해서 엄마가 몹시 골치 아파한다. 동생은 나와 네 살 차이라, 엄마가 동생을 임신했을 때 기억이 어느 정도 난다. 그때 엄마는 유난히 빵을 많이 먹었다. 그 전까지 엄마는 빵을 거의 입에 대지 않았는데 동생을 임신하고 확 바뀌었다. 내 기억에 엄마 손에는 늘 빵이 들려 있었다. 동생을 낳은 뒤에는 언제 그랬냐는 듯 빵을 전혀 찾지 않았다. 엄마 뱃속에서 엄마가 먹는 빵을 늘 접해서 그런지 몰라도 동생은 빵을 유난히 좋아한다. 동생은 '꿈'이라는 낱말 뜻이 무엇인지 제대로 알지도 못하는 나이부터 자기는 빵 만드는 사람이 되겠다고 했다. 동생 꿈이 제빵사다 보니 우리 집에는 빵을 만드는 데 쓰는 도구들이 잔뜩 있다. 동생은 새로운 제빵 도구를 접하면 집요하게 사 달라고 조른다. 값비싼 제빵 도구도 많고, 사 놓고 한 번도 안 쓴 제빵 도구도 꽤 된다. 동생은 일요일이 되면 혼자서 빵을 만든다고 부엌을 난장판으로 만들어 놓는다. 제법 맛있는 빵도 있지만 대부분은 내 입맛에 안 맞는다. 내가 빵을 그리 좋아하지 않기도 하지만, 꼬맹이가 만든 빵이 제대로 된 맛이 날 리가 없다. 그럼에도 엄마와 아빠는 기특해하며 맛있다고 먹는다.

"엄마, 나 이제 밥은 안 먹고 빵만 먹어도 되는 거야?"

동생은 열 살답게 철부지 같은 소리를 했다.

"그럼 안 되지. 우리 귀염둥이, 밥은 먹어야지요."

"이거 지금 먹어도 돼?"

동생이 빵을 하나 집어 들었다.

"그럼, 먹어도 되지~"

동생은 엄마 허락이 떨어지자마자 세상에서 가장 행복한 사람이 되었다. 엄마는 그런 동생을 흐뭇하게 바라보았다.

"엄마! 이 많은 빵을 다 어떡할 거야?"

"괜찮다니까."

"괜찮다니…? 정도껏 사야지."

아무래도 우리 집은 엄마와 내 위치가 바뀐 듯하다. 딸이 엄마가 엉뚱한 일을 벌일까 봐 걱정하고, 엄마는 일을 벌여 놓고 괜찮다고만 하는 경우가 비일비재하니, 우리 집에서는 딸 노릇하기가 참 어렵다.

"이건 천연 발효 빵이라 괜찮아."

"천연 발효 빵이 뭔데?"

"빵을 만들기 위해 흔히 쓰는 이스트 대신 자연에서 발효한 효모로 만든 빵이야. 이스트는 대규모로 제빵을 하기 위해 인간이 특정한 호모를 배양한 거라면, 자연 발효 빵은 자연 속에 있는 다양한 효모를 배양하기에 맛이 달라. 더구나 이스트는 효능을 개량하기 위해 사람이 이런저런 조작을 가하기에 몸에 썩 그리 좋지 않아. 그리고……"

엄마는 내게 뭔가 새로운 지식을 알려 줄 때 말이 길어진다. 듣다 보면 괜찮은 지식도 있지만 거의 대부분은 내 관심사가 아니어서 귀찮다. 내가 좋아하지도 않는 빵에 관한 지식을 굳이 길게 듣고 싶지는 않았다.

"좋은지는 알겠어. 그렇다고 저렇게 빵을 많이 사 오면 어쩌자는 거야? 상하면 어쩌려고."

"이 집에서 만든 천연 발효 빵은 오래 둬도 된대. 천연 효모들이 빵 안에서 자연스럽게 발효를 계속하기 때문에 두면 둘수록 맛이 풍부해진대. 그래서 왕창 사 왔어."

"그렇다고 저렇게 많이."

"그 집 빵은 금방 팔리는데 운 좋게 많이 샀어. 멀어서 자주 가지도 못한단 말이야."

두 개째 빵을 먹는 동생을 보며 엄마는 흐뭇하게 웃었다.

넘쳐나는 빵 덕분에 동생은 행복한 나날을 보냈다. 나는 빵이 상하면 안 된다는 생각에 어쩔 수 없이 엄마가 잔뜩 사 온 빵을 계속 먹었다. 처음에는 맛이 심심했다. 빵 같지가 않았다. 그렇지만 한 번, 두 번 먹다 보니 다른 빵과는 확실히 맛이 달랐다. 딱 설명하기는 어렵지만 맛에서 풍기는 깊이가 달랐다.

그러다 금요일이 왔고, 빵 때문에 의도치 않은 일이 터지고 말았다. 금요일 오후에는 자연과학부원들이 남아서 시간이 오래 걸리는 관찰이나 실험을 하는 경우가 많다. 과제를 하다 보면 저녁 먹을 시간을 넘기기 일쑤다. 주어진 과제를 제대로 해내지 못하면 성공할 때까지 남아야 한다. 그럴 때면 무척 배가 고프다. 여러 번 배고픈 일을 당했기 때문에 나는 혹시 몰라 천연 발효 빵을 들고 갔다. 천연 발효 빵은 엄마가 사 온 지 며칠이 지났고, 그냥 실온에 두었음에도 맛이 여전했다. 어떤 면에서는 맛이 점점 다양해지고, 깊어지는 느낌마저 들었다. 엄마는 그것이 발효가 계속 이루어지기 때문이라면서, 천연 발효 빵이 얼마나 좋은지 또다시 찬양을 늘어놓았다. 천연 발효 빵은 많이 먹어도 속이 편했다. 아무튼 실온에 오래 두어도 변질이 되지 않기에 천연 발효 빵은 배고플 때 간식으로 먹기에 딱 좋았다.

　그날도 과제를 하는 데 꽤나 시간이 오래 걸렸다. 송윤정 선생님은 교무실에서 연락을 받고 일처리를 하러 실험실을 떠났다. 그런 일이 종종 있었기에 우리는 알아서 과제를 수행했다. 식물로 하는 실험이라 실패하면 밖에 나가서 나뭇잎을 잔뜩 따와야 했다. 그날따라 배가 고팠다. 가방에 든 천연 발효 빵이 허기진 배를 더 자극했다. 내가 가져온 빵은 그리 많지 않았지만 다 함께 나눠 먹을 만큼은 되었다. 그렇지만 이태경에게 주기는 싫었다. 때마침 우리 조는 예나, 승연이, 정민이, 지환이었다. 이태경이 우리 조에 없었고, 내가 그리 좋아하지 않는 김주현과 윤다은도 나와는 다른 조였다. 홍성현과 김성우와는 나눠 먹고 싶었지만 둘을 주면 이태경도 주어야 한다. 그래서 기회를 엿보았는데, 때마침 이태경이 속한 모둠이 실험에 실패하고 나뭇잎을 따러 밖으로 나가야 하는 상황이 되었다. 나는 이태경 모둠이 없을 때 아주 자연스럽게 빵을 꺼냈고, 우리 모둠끼리 맛있게 먹었다. 나는 천연 발효 빵이란 점을 알려 주면서, 엄마에게 들었던 얘기를 살짝 덧붙였다. 천연 발효 빵이 지닌 효능도 설명해 주었다. 친구들은 처음에는 조심스럽게 먹다가 씹으면 씹을수록 풍미가 깊어진다면서 맛있게 먹었다.

　"한마디로 산소(O) 같은 빵이네."

다 먹고 나서 정지환이 빵 맛을 깔끔하게 표현했고, 다들 즐거워하며 웃었다. 우리는 간식을 먹은 걸 들키지 않으려고 책상 위를 깨끗이 치웠고, 봉지는 쓰레기통에 버렸다. 깔끔하게 정리한 뒤에 다시 실험에 집중하는데 다른 모둠이 들어왔다. 다른 모둠 애들도 들어와서는 실험에 집중했다. 그런데 갑자기 뜬금없는 일이 벌어졌다.

"이게 뭐냐? 빵 봉지잖아!"

쓰레기 통 앞에서 이태경이 우리가 버린 봉지를 집어 들었다. 도대체 이태경은 왜 쓰레기통을 열어 본 것일까? 쓰레기통에 나뭇잎을 버리러 갔으면 얼른 버리고 오면 되지, 쓰레기통은 왜 뒤진 걸까? 겪으면 겪을수록 이태경은 이상한 남자애였다.

"야, 너희들끼리만 빵 먹었냐?"

이태경이 우리를 째려봤다. 아니라고 발뺌하려 했지만, 증거가 워낙 확실했기에 어쩔 수 없이 먹었다고 인정했다.

"치사하게 너희들끼리만 먹냐?"

"조금밖에 안 먹었어."

"같은 자연과학부인데 치사하다, 정말!"

"얼마 안 된다니까."

김주현과 윤다은이 몹시 서운해 했다. 조금 미안한 마음이 들었다.

"천연 발효 빵?"

이태경이 빵 봉지를 살피더니 겉에 쓰인 글씨를 읽었다.

"좋은 빵 먹었네. 아주 자기들끼리만 좋은 거 먹고, 우리는 쫄쫄 굶

든지 말든지 상관없다는 거잖아."

이태경은 다른 애들보다 말투가 거칠었다. 나는 이태경을 못마땅하게 쳐다봤다. 이태경과 내 시선이 번개라도 일으킬 듯 허공에서 부딪쳤다. 터놓고 말해서 이태경만 아니면 빵을 나눠 먹을 생각이었다. 윤다은과 김주현을 좋아하지는 않지만 빵을 나눠 먹지 않을 만큼 싫어하지는 않는다. 이태경만 아니었다면 다 같이 모여 맛있게 빵을 나눠 먹을 수 있었다. 이 모든 게 다 이태경 때문이었다. 다른 애들한테는 미안했지만 이태경을 보니 미안하다고 말하고 싶은 마음이 전혀 들지 않았다. 그래서 나는 뻔뻔하게 나갔다.

"우리 모둠끼리 먹었는데, 네가 뭔 상관이야?"

"야, 그래도 그건 아니지!"

가만히 듣고만 있던 홍성현이 나섰다.

"같이 고생하는데 자기들끼리만 먹고, 미안해하지도 않으면, 너무하는 거 아니야?"

항상 바른 말만 하는 홍성현이 저리 나오니 솔직히 양심에 찔렸다. 미안하다고 말하고, 나중에 빵을 사 와서 같이 먹자고 말하려고 했다. 그러나 바로 뒤에 이태경이 재수없게 구는 바람에 미안한 마음이 쏙 사라져 버렸다.

"너구나, 박채원! 네가 가져와서 너희들끼리만 먹자고 한 거지?"

이태경 말에 나는 움찔했고, 우리 모둠 애들이 일제히 나를 봤다. 우리는 아무도 맞다고 대답하지 않았지만, 반응은 이태경 말을 인정하고 있었다.

"하여튼……."

그 말이 뭐가 그리 짜증 났는지 모르겠다. '하여튼'이란 말을 듣자마자 그 뒤에 이태경이 생략한 말이 내 머리를 휘젓고 다녔다. 그 생략된 말 속에 든 멸시와 혐오가 내 자존심을 건드렸다. 나는 발끈했다.

"그래 나, 치사하다. 어쩔래? 너한테 이 좋은 천연 발효 빵 주기 싫었어! 그래서 우리끼리 먹었어. 그래서 어쩔 건데?"

내가 생각하기에도 나는 막 나갔다.

"그래, 얼마 되지도 않는 빵, 우리끼리 나눠 먹었어. 그런데 네가 뭔데 따져?"

다행히 승연이가 확실히 내 편을 들어주었다.

"빵 하나 가지고 왜 그래? 빵 안 먹었다고 굶어 죽는 처지도 아니면서."

예나도 내 편을 들었다.

"방귀 뀐 놈이 성낸다더니, 지금 너희들이 우리한테 잘못을 따질 때야?"

윤다은이 이태경 편을 들며 우리를 공격했다.

"심하네, 정말!"

김주현이 예쁜 입술을 삐죽 내밀며 나를 흘겨봤다.

"아이고, 그딴 빵 줘도 안 먹어. 천연만 붙으면 뭐 좋은 줄 아냐? 그거 다 팔려고 속이는 거지."

이태경이 빈정거렸다.

"아니거든! 천연 효모로 발효해서 만든 빵이야. 하긴 뭐, 너 같은 애 입에 들어가기는 아깝지."

나는 여전히 이태경만 과녁으로 삼았고, 같이 빈정거려 주었다.

"발효하지 않고 만든 빵은 없어. 빵은 모두 발효를 해."

똑똑한 김성우가 나섰다.

"다르거든!"

나는 김성우에게도 맞섰다.

"이스트도 효모고 천연 발효도 결국 효모야. 이스트는 자연에 있는 효모 가운데 발효하기 더 좋은 걸 뽑아서 개량한 거라고."

김성우에게 지식으로 맞서기는 어렵다. 김성우는 자연과학부 가운데서도 가장 똑똑했고, 말도 잘했다.

"가공 처리와 자연 상태는 다르지."

김정민이었다. 김정민 덕분에 다시 대결 분위기는 팽팽해졌다. 치열하게 치고받던 말다툼은 송윤정 선생님이 오는 소리를 듣고서야 끝났다.

그날부터 자연과학부는 둘로 쪼개지고 말았다. 그날 빵을 먹은 쪽과 먹지 않은 쪽으로 갈려서 사사건건 부딪쳤다. 이태경은 툭하면 빵을 사 와서 자기들끼리만 나눠 먹었는데, 이스트로 발효한 빵만 일부러 사 와서 '이스트 빵'이라고 말하며 우리를 비꼬았다. 나는 엄마에게 부탁해서 천연 발효 빵을 더 사 달라고 했고, 우리끼리 나눠 먹으며 '천연 발효 빵이 몸에 더 좋거든' 하고 자랑했다. 유치한 줄 알지만 이태경에게 지기는 싫었다. 과학 실험실에서 앉은 자리도 왼쪽과 오른쪽으로 나뉘어 늘 같은 자리에만 앉았다. 어느 순간부터 이스트 발효 빵을 먹는 쪽은 스스로를 동인이라고 불렀다. 실험실에서 앉는 곳이 늘 동쪽 방향이기도 했지만, 이스트(Yeast)가 동쪽을 뜻하는 East와 발음이 같아서 붙인 이름이었다. 우리는 자연스럽게 서인이 되었다. 조선 시대에 벌어졌던 당파 싸움이 수백 년이 지나 우리 과학 실험실에서 되살아났다. 역사를 배울 때 옷차림 때문에 당파 싸움이 치열하게 벌어진 적도 있다는 설명을 듣고 어이가 없어서 비웃었는데, 빵 때문에 당파가 나뉘어 싸우고 보니 옷차림으로 싸운 그들을 이해할 수 있었다. 남들이 보기에는 우습겠지만 당사자들에게는 죽기 살기로 싸울 문제였을 것이다. 우리도 그랬다. 남들이 보기에는 황당하고 웃긴 다툼이겠지만 우리에게는 자존심을 건 싸움이었다.

F
빵 전쟁의 서막

이태경

F 플루오린(Fluorine). 원자 번호 9.
옅은 황록색이며 강산성으로 독성이 강한 할로겐 원소.
충치 예방효과가 있어 치약을 만들 때 사용하며,
플루오린화수소(불화수소, HF)는 반도체 제조의 필수품이다.

치사하고 괘씸하다. 자기들끼리만 빵을 먹다니⋯⋯, 아무리 나와 사이가 안 좋기로서니 그래도 같은 자연과학부인데⋯⋯. 내가 정중히 패배를 인정하고 사과도 했고, 자기도 정중히는 아니지만 미안하다고 했다면 뒤끝이 없어야지, 그깟 빵으로 사람을 차별하다니⋯⋯. 우선급식 혜택을 포기하고 싶을 만큼 자연과학부를 때려치우고 싶었다. 자연과학부를 그만두면 박채원은 어떨까? 엄청 좋아하겠지? 그럴 수는 없다. 나 때문에 우리 모둠에 빵을 주지 않는 게 분명했다. 그렇다면 박채원은 나만 사라지면 다른 애들에게 미안하다고 하면서 화해를 시도할 게 뻔했다. 나만 자연과학부에서 빠지고, 박채원은 신나게 자연과학부를 다니면서 우선급식 혜택을 누리는 꼴을 상상하니 치가 떨렸다. 도망치지 않겠어! 끝까지 싸워서 코를 납작하게 해 주겠어.

수상한 과학실, 빵을 탐하다

점점 싸움이 치열해져 가던 어느 점심시간이었다. 그날도 우현이와 같이 우선급식 혜택을 누리며 맛있게 점심을 먹었다. 꼴 보기 싫은 박채원 패거리들과는 멀찌감치 떨어져서 먹었다. 박채원도 이 맛있는 점심을 같은 공간에서 먹는다는 생각을 하니 불쾌했지만, 그 불쾌감을 뛰어넘을 만큼 점심은 맛있었다. 우리 학교 급식은 천상에서 내려온 축복이다. 이런 급식을 20분이나 기다려서 먹을 수는 없다. 나는 끝까지 자연과학부에 남을 것이다.

맛을 음미하며 급식을 느긋하게 먹는데 우현이가 여느 때와는 달리 아주 급하게 점심을 먹었다.

"누가 보면 긴급출동이라도 하는 줄 알겠네. 뭐가 그리 급하냐?"

"일이 있어."

"뭔데? 무슨 일인데?"

우현이는 내 말에 짧게 대꾸하면서, 음식 먹는 속도를 늦추지 않았다.

"전시할 거야. 우리가 만든 거."

"전시? 뭔 전시?"

"요즘 한창 만든 것들. 식당에 전시해서 학생들이 보게 하려고."

그러고 보니 컴꽈 소속 학생들은 모두 밥을 엄청 빨리 먹었다.

"급식실에 전시를 한다고?"

우현이는 고개를 끄덕이고, 마지막 숟가락질을 하고, 우물우물 씹으면서, 엉덩이를 들고, 식판을 집어 들었다.

"빨리 가야 돼. 자세한 건 나중에 설명해 줄게."

그때 이명재 선생님이 급식실로 들어왔다. 우현이를 비롯한 컴꽈 학생들이 일제히 움직였다. 우현이는 재빨리 식판을 반납하더니 이명재 쌤에게 갔다. 이명재 쌤은 컴꽈 학생들에게 뭐라고 지시를 했고, 컴꽈 학생들은 식탁 세 개를 치웠다. 안 그래도 식탁이 부족한 급식실이 더 비좁게 느껴졌다. 물론 나와는 아무 상관없는 일이었다. 식탁을 치운 뒤에 이명재 선생님은 식탁을 치운 곳을 가리키며 이런저런 지시를 했고, 지시를 다 들은 컴꽈 학생들은 우루루 급식실 밖으로 나갔다. 아마도 설치할 것들을 들고 오려는 듯했다.

컴꽈 학생들이 급식실 문으로 나갈 때 송윤정 선생님이 나타났다. 송윤정 선생님은 이명재 선생님이 있는 곳으로 곧바로 걸어갔다.

"뭐야? 안 그래도 좁은 급식실을 더 좁게 만들 셈이야? 학생들 밥 먹을 자리를 빼앗아서 되겠어?"

"겨우 세 자리야. 그리고 교장 선생님께 결제받았어."

"결제 좋아하시네. 학생들 처지는 생각도 않고."

"부러우면 부럽다고 솔직히 말해."

"누가 부럽대?"

"얼굴에 딱 써 있구만! 하긴, 넌 솔직하지 못한 게 문제지."

"솔직하지 못하다고? 네 입에서 솔직이란 말이 나오냐? 맨날 인공지능 어쩌고 하더니 인공 냄새가 팍팍 나는 말만 쓰고 자빠졌네."

"선생이 자빠졌네가 뭐냐, 자빠졌네. 애들 앞에서."

"허이구, 죄송합니다. 선생답지 못해서."

처음에 두 쌤이 티격태격하는 모습을 지켜볼 때는 걱정도 되고, 신선하기도 했는데, 싸우는 모습을 하도 많이 보다 보니 익숙해져서 아무렇지도 않았다. 원래 두 쌤은 그렇게 티격태격하면서 지내는 사이였다. 나는 급식을 다 먹고 식판을 들고 일어섰다. 다른 애들도 같이 일어났다.

"부러우면 너도 해!"

"됐어! 알맹이는 없으면서 그럴듯하게 꾸미는 짓은 안 해."

"넌 그래서 안 되는 거야!"

송윤정 선생님은 팔을 휘둘렀고, 이명재 선생님은 얼른 뒤로 물러났다. 송윤정 선생님은 씩씩거리면서 급식실을 빠져나갔다.

실험실에 와서 어제와 마찬가지로 동인들끼리 동쪽에 모여 앉았다. 우리는 우리끼리만 이야기를 하고, 서인들이 앉은 쪽은 쳐다보지도 않았다. 한참 신나게 수다를 떠는데 송윤정 선생님이 들어왔다. 송윤정 선생님을 보고 웃음이 터지려는 걸 겨우 참았다. 송윤성 선생님은 칫솔을 왼손에 쥐고, 오른손으로는 치약을 움켜쥐고, 입 주변에는 치약 거품이 잔뜩 묻어 있었다. 송윤정 선생님은 치약만 뚫어져라 쳐다보느라 치약 거품이 입 주변에 묻은 줄도 몰랐다.

"쌤! 입술에 치약이……."

이예나가 다가가서 거울을 보여 준 뒤에야 송윤정 선생님은 현실을 자각하고, 얼른 밖으로 나갔다. 조금 뒤 나타난 송윤정 선생님 손에는 여전히 치약이 들려 있었다. 송윤정 선생님은 가만히 서서 한동안 치약을 살펴보더니 뭔가 결심이 선 듯 우리 쪽으로 시선을 옮겼다.

"너희는 치약이 어떤 성분으로 이루어졌는지 꼼꼼하게 살펴본 적 있니?"

또다시 송윤정 선생님은 질문으로 모임을 열었다. 물론 아무도 살펴본 사람은 없었다.

"치약에서 가장 중요한 성분은 불소야. 주기율표에서는 원자 번호 9번 플루오린(F)이야. 플루오린은 독성물질인데 치약에 써. 불소는 충치 예방에 아주 탁월하거든. 산업이 발달하면서 설탕 섭취가 늘어나고 이에 따라 충치가 급격하게 증가했는데, 이를 충치에서 살려 낸 구원자가 불소야. 충치 예방에는 좋고, 미량이라 인체에 큰 영향을 끼치지는 않지만 몸에 쌓이면 좋지 않아. 그래서 불소가 함유된 치약은 먹으면 안 되는 거야."

어릴 때 가끔 치약에서 나는 딸기 맛에 이끌려 치약을 먹었던 기억이 떠올랐다. 내가 독성물질을 먹었다니, 갑자기 끔찍한 기분이 들었다.

"치약에는 첨가제도 들어 있어. 보통 사람들은 방부제를 비롯한 각종 첨가제가 없는 걸 선호하지만, 사실 방부제를 비롯한 첨가제가 없다면 음식뿐 아니라 치약과 같은 다양한 제품을 만들기 어려워. 예를 들어 가공식품에 산화방지제를 쓰지 않으면 인체에 치명상을 입히는 보툴리눔 균이 증식하는데, 보툴리눔 균이 만든 독성은 엄청나게 강해. 그러니까 첨가제가 없는 제품이 좋은 게 아니라 첨가제를 쓰되 몸에 해롭지 않은 첨가제를 쓰는 게 중요해. 내가 방금 쓴 이 치약에도 여러 첨가제가 있어. 가만히 살펴보니 부패 방지 효과는 탁월하지만 호르몬을 교란한다고 의심받는 물질도 있네."

내가 늘 쓰는 치약에 저런 위험이 도사리고 있었다니, 갑자기 지구가 평평하다고 믿는 지성규가 했던 말이 떠올라 불안해졌다.

"그거 알아? 인류를 은밀하게 지배하는 비밀 조직이 우리가 늘 쓰는 제품이나 먹는 음식에 인간들을 통제하는 비밀 성분을 넣어 놓고 있어. 너 과자 봉지에 적힌 성분 표시 봤냐? 뭔지 알겠든? 과학자들이 괜찮다고 하면서 음식이나 생활용품에 넣어 두는 성분은 다 의심해 봐야 해. 그런 성분이 꾸준히 몸에 축적되면 비밀 조직이 우리 정신과 육체를 마음대로 조종할 수 있게 돼."

지성규에게 이런 말을 들은 적이 있다. 들은 당시에는 너무나 황당한 말이라 헛웃음조차 나오지 않았다.

"비밀 조직 이름이 뭔데?"

나는 일부러 진지한 척하며 되물어 주었다.

"그건 알려 줄 수 없어. 그 조직 이름을 알면 네가 위험해지니까."

"넌 괜찮고?"

"네가 떠벌리지만 않으면 난 안전해."

"사람들이 모르는 비밀 조직을 너는 도대체 어떻게 아는데?"

"많은 사람들이 비밀 조직 정체를 알았지만 기억이 지워지는 바람에 오랜 세월 비밀이 유지되어 온 거야."

"너, 영화가 진짜라고 믿는 건 아니지?"

"사실이라니까. 비밀 조직이 외계인들과 손잡고 있는데 외계인들이 비밀 조직에 대해 아는 사람들 기억을 몰래 지우고 있어."

"기억을 지웠다면서 그 사실은 어떻게 아는데?"

"가끔 그들도 실수를 하기 때문이지. 지워진 기억이 되살아나는 경우도 어쩌다 있고."

그때는 황당해서 믿지 않았는데, 송윤정 선생님이 내가 늘 쓰는 치약 성분조차 완벽하게 안전한 것은 아니라고 하니 지성규가 한 말이 전혀 근거가 없지는 않다는 생각이 들었다. 그렇지만 외계인이 사람들 기억을 지우고, 비밀 조직이 인류를 몰래 지배한다는 말을 곧이곧대로 믿기는 어려웠다. 지성규가 했던 말을 얼른 머리에서 몰아내고 다시 송윤정 선생님 말에 집중했다.

"몇몇을 보니 내 말을 듣고 갑자기 걱정을 하는 모양인데, 그렇게 걱정하지 않아도 돼. 하지만 제품에 어떤 성분이 들어 있는지는 잘 알아야지. 지식이 힘이니까!"

송윤정 선생님은 치약을 지저분한 책상으로 휙 던졌다.

"화장품, 소독제, 모기약, 세제, 과자, 통조림, 치약, 샴푸, 라면 등 우리가 쓰고 먹는 제품에는 수많은 화학 성분이 들어가 있어. 제품 포장지에 성분 표시가 되어 있는데 많은 이들이 성분 표시를 잘 살펴보지도 않지만, 살펴본다고 해도 뭔지 잘 몰라. 그래서 진행할 프로젝트!"

송윤정 선생님은 우리에게 프로젝트를 시키기 전에 자신이 머무는

　　　　　　　　　　　　　수상한 과학실, 빵을 탐하다

책상을 치우는 프로젝트를 하시면 좋겠다.

"너희 또래들이 흔히 쓰는 제품을 몇 개 고른 다음, 그 제품에 첨가된 성분을 분석해서 학생들에게 알리는 작업을 할 거야. 어떤 성분이 어떤 효과를 발휘하는지, 어떤 성분을 조심해야 하는지, 어떤 성분이 유해한지 등을 조사해서 학생들에게 알리는 거야. 당연히 성분 표시를 꼭 봐야 하는 이유도 알려야 하고. 어때? 괜찮은 프로젝트지?"

프로젝트를 한다고 해서 특별히 고생할 일은 없는 듯했다. 어쩌면 실험보다 더 쉬울지도 모른다. 제품을 선정하고, 제품에 든 성분을 조사해서, 그럴듯하게 만들어 전시하면 된다. 그러니 어떻게 해야 되는지 길도 보이지 않는 실험보다는 어렵지 않을 듯했다.

"이 프로젝트는 두 모둠으로 나눌 건데, 모둠을 어떻게 나눌까?"

송윤정 선생님이 우리를 휙 훑어봤다.

프로젝트를 한다는 말에는 전혀 긴장하지 않았는데 모둠을 나눈다는 말에 갑자기 긴장이 되었다. 서인 소속 애들과 한 모둠이 되어 프로젝트를 하고 싶지는 않았기 때문이다.

"쌤, 지금 앉아 있는 대로 해요."

박채원이 내가 바라는 바를 먼저 말했다. 모두들 그렇게 하자고 동의하고 나섰다.

"그럴까? 아니야. 별로야. 지금 앉은 모둠으로 너무 여러 번 했어. 이번에는 반반씩 섞자. 그러니까……. 성우와 다은이는 반대 자리로 넘어가고, 이쪽에서는 채원이와 예나가 자리를 옮겨."

박채원과 한 모둠이 된다니, 끔찍했다. 도저히 받아들일 수 없었다.

"쌤, 그냥 하던 대로 하면 안 돼요?"

"네, 쌤, 그냥 원래대로 해요."

"안 돼. 바꿔!"

"쌤, 싫어요."

"변화를 두려워 마!"

여럿이 저항했지만 송윤정 선생님은 요지부동이었다. 하는 수 없이 자리를 바꿨다. 박채원이 우리 쪽으로 왔다. 온몸에 소름이 돋았다. 짜증이 밀려왔다. 나는 홍성현 쪽으로 바짝 다가가 앉았다. 이예나와 박채원은 우리 쪽으로 왔지만 멀리 떨어져 앉았다. 반대편으로 간 김성우와 윤다은도 서인들과 멀찍이 떨어져 앉았다.

"모둠을 나눴으니 이제 모둠장을 정하고……. 잠깐만! 너희들 분위기가 왜 이래?"

이런 데 둔감한 송윤정 선생님도 충분히 알아차릴 만큼 실험실 분위기는 냉랭했다.

"뭐야? 무슨 일이야?"

쌤이 다그쳐 물었지만 아무도 대답하지 않았다.

"홍성현!"

홍성현은 거짓말을 못 한다. 송윤정 선생님도 홍성현이 곧이곧대로 말하고 행동한다는 걸 잘 알기에 홍성현을 지목한 것이다.

"무슨 일이야? 도대체 분위기가 왜 이 모양이지? 나만 모르는 무슨 비밀이 있는 거야?"

잠깐 망설이던 홍성현은 그동안 있었던 일을 있는 그대로 송윤정 선생님에게 털어놓았다. 송윤정 선생님은 홍성현 이야기를 다 듣고는 팔짱을 끼더니 우리들을 한동안 노려보았다. 실험실이 무거운 침묵에 짓눌렸다. 고개가 나도 모르게 밑으로 떨어졌다. 답답함에 숨이 막힐 지경이었다. 더는 견디기 힘들어서 고개를 들었다. 그때, 나는 송윤정 선생님 눈이 번뜩이는 걸 봤다. 입가에는 묘한 웃음이 걸렸다. 바로 이거다 하는 표정이었다.

"자연과학부라면 자연과학부답게 싸워!"

'자연과학부답게'란 말이 의미심장하게 다가왔다.

"자연과학부는 말로, 감정으로 싸우지 않아. 자연과학부라면 과학으로 대결해야지. 과학으로 대결해서 진 쪽이 깨끗하게 패배를 인정하고, 사과하기! 어때?"

전에 박채원과 싸울 때가 떠올랐다. 그때와 똑같은 제안이었다. 박채원에게 패배당했던 굴욕이 떠올랐다. 또다시 지면 어쩌나 하는 걱정과 함께 이번에야말로 이겨서 박채원에게 굴욕을 안겨 주고 싶다는 승부욕이 뒤엉켰다. 옆에 떨어져 앉은 박채원을 힐끗 봤다. 그 순간, 나를 힐끗 보는 박채원과 시선이 뒤엉켰다. 나를 경멸하는 눈빛이었다. 짜증이 올라왔다. 잘난 척하는 박채원을 꺾어 버리고 싶었다. 질지도 모른다는 걱정은 뒤로 밀려나고 승부욕이 활활 타올랐다.

"좋아요!"

내가 가장 먼저 찬성하고 나섰다.

나는 박채원을 바라보며 비웃음을 날렸다. 박채원이 그 비웃음을 봤다. 박채원은 인상을 찡그리더니 손을 들었다.

"저도 찬성이에요."

나에게 지기 싫어하는 감정이 말투에서 그대로 묻어나왔다. 박채원이 찬성하고 나서자 다른 애들도 잇달아 찬성했다.

"좋아! 자연과학부다워!"

"뭐로 대결하죠?"

정지환이 물었다.

송윤정 선생님은 팔짱을 풀고 뭐가 그리 좋은지 환하게 웃었다.

"빵으로 다툼이 일어났으니 빵으로 대결해야지."

수상한 과학실, 빵을 탐하다

Ne
빵은 과학이다!

송윤정 선생님이 빵으로 대결하라고 했을 때 나는 속으로 만세를 불렀다. 우리 집에는 아직 어리지만 제빵사를 꿈꾸는 동생이 있고, 수많은 제빵 도구들이 있다. 빵을 어떻게 만드는지도 모르는 자연과학부 애들에 견주면 동생은 전문가나 마찬가지다. 동생은 천연 발효 빵을 맛본 뒤부터 천연 발효 빵에 푹 빠졌고, 엄마는 동생을 데리고 그 빵집에 몇 번을 다녀와야만 했다. 그곳에 다녀온 뒤로 동생은 발효액종인지 뭔지를 만든다면서 집안을 난장판으로 만들었다. 일요일뿐 아니라 평일에도 툭하면 빵을 만들어 댔다. 동생이 발효 실험을 하면서 집에만 오면 이상하게 시큼한 냄새가 나는 경우가 많아서 짜증이 났다. 냄새에 민감한 나로서는 견디기 힘든 환경이었다. 냄새도 싫고, 보글보글 끓어오르는 병 속을 들여다보는 것도 싫고, 동생이 호들갑 떨면서 실험한다고 집안을 어지럽히는 꼴도 싫었는데 뜻밖에도 빵 대결에서는 아주 유리한 조건이 되었다. 이태경 쪽은 이스트로 빵을 만들고, 우리 쪽은 천연 발효 빵을 만들어야 하기 때문이다. 이런 상황을 보고 전화위복이라고 하는 걸까?

동생이 천연 발효 빵을 한창 연구 중이니 동생을 끌어들이기만 하면 승리는 손에 쥔 아이스크림이나 마찬가지일 터였다. 따지고 보면 동생 때문에 내가 빵 대결을 벌이게 됐으니, 동생도 책임이 있다. 동생이 미친 듯이 빵을 좋아하지 않고, 제빵사가 꿈이 아니었다면 엄마가 천연 발효 빵을 그렇게 많이 사 왔을 리가 없고, 엄마가 천연 발효 빵을 많이 사 오지 않았다면 내가 빵을 들고 학교에 갈 일이 없었고, 천연 발효 빵을 들고 가지 않았다면 자연과학부가 둘로 쪼개져 다투는 일도 없었을 테니 말이다.

어쨌든 승리를 위해서는 동생을 끌어들여야 했다.

"서형아! 부탁이 있는데……."

"뭐?"

쪼그만 녀석이 나이 차이도 많이 나는 누나한테 꼭 반말로 대꾸한다. 한 대 쥐어박고 싶지만 아쉬운 쪽은 나니까…….

"누나가 학교에서 천연 발효 빵을 만들어야 하거든."

"학교에서 빵을 왜 만들어?"

"네가 알 건 없고. 그게 좀 복잡해. 아무튼 빵을 어떻게 만드는지 가르쳐 줄래?"

수상한 과학실, 빵을 탐하다

"내가?"

"응!"

"누나는 내가 빵 만드는 거 싫어하잖아."

"히히, 내가 언제."

비굴하게 웃었다.

"뭘 가르쳐 주면 되는데?"

뜻밖에도 동생은 더는 캐묻지 않고 선뜻 내게 호의를 내비쳤다. 까탈스러운 녀석이 무슨 속셈으로 저러는지 모르겠지만, 어쨌든 그걸 따질 때가 아니었다.

"천연 발효 빵을 만들어야 하니까. 먼저 천연 발효 빵을 어떻게 만드는지 알려 주고, 네가 요즘 하는 실험이 뭔지도 알려 줘."

빵 만들기는 동생한테 배운 대로 하고, 실험도 동생이 하는 걸 그대로 하면 될 듯했다. 내 동생은 준비된 제빵사고, 나는 동생 덕을 톡톡히 볼 생각이었다.

"이스트와 천연 효모 차이는 알아?"

나는 어느 정도 알지만 일부러 모른 척했다.

"그것도 모르면서……. 이스트는 빵 만들 때 쓰기에 적합한 효모를 공장에서 대규모로 키운 거고, 천연 효모는 공장이 아니라 자연에서 키운 거야. 이스트든 천연 효모든 효모가 있어야 빵을 만들 수 있어."

쪼그만 게 잘난 척은…….

"효모를 많이 길러야 한다는 말이네."

"그걸 발효종이라고 불러. 영국에서는 사워도우(Sourdough), 프랑스에서는 르뱅(Levain)이라고 부르고."

"헐, 그런 말도 네가 알아?"

내가 감탄했지만 동생은 내 감탄에 반응하지 않았다.

"근데 유럽식으로 할 거야, 아니면 내가 요즘 실험하는 방식으로 할 거야?"

유럽식이 아무래도 멋있어 보였다.

"유럽식은 뭔데?"

"유럽 전통 방식은 간단해. 그냥 밀가루와 물만 있으면 돼."

"그래?"

쉽다고 하니 무척 반가웠다.

"밀가루와 물을 적당히 섞어서 통에 담아 놓으면 균이 내려앉아. 그때 내려온 균을 잘 키우면 돼. 효모도 생명이니 먹고 살아야 하잖아? 분해할 밀가루와 수분을 적절히 계속 보충해 주면 균이 계속 자라는데, 한 일주일 정도 기르면 그걸로 빵을 만들 수 있어."

"쉽네!"

"안 쉬워."

어휴, 조금 전에는 쉽다고 했으면서…….

"일단 밀가루와 수분 비율을 적절히 맞춰야 하는데, 그게 어려워. 그리고 날씨나 온도에 따라서 첨가해 주는 물 온도와 양도 달라져야 하고, 밀가루와 섞는 비율도 조절해야 해. 안 그러면 균이 잘 자라지 못하고 죽어. 미국의 어떤 가게에는 200년 동안 계속 키워 온 효모가 있대. 오래도록 키워 왔으니 맛이 특별할 수밖에 없지. 우리나라도 술 담글 때 대를 이어오는 발효균을 쓰는 곳이 있어. 그와 비슷한 거지.”

“네가 그런 걸 어떻게 알아?”

“엄마랑 천연 발효 빵 만드는 가게에 가서 배웠어.”

“어쩐지. 그럼 그렇게 발효한 걸로 곧바로 빵을 만들면 되는 거야?”

“아니지. 사워도우로는 바로 빵을 만들지 않아. 사워도우에서 일부를 떼어 낸 다음 새로운 밀가루 반죽에 넣어서 발효를 시켜야 하는데, 이걸 2차 발효라고 해. 빵은 새롭게 발효한 밀가루로 만드는 거야. 2차 발효를 할 때는 꼭 소금을 넣어야 하는데, 소금이 글루텐 형성에 도움이 되기 때문이야.”

“글루텐이 뭐야?”

“에휴, 완전 초짜네. 정말!”

열 살짜리 애가 선생 노릇을 하려 드니, 꼴 보기 싫었다. 그래도 마음 넓은 내가 참아야지. 그래, 옛말에 아랫사람한테도 배운다고 했잖아. 아랫사람에게 배울 때도 부끄러워하면 안 된다는 명언을 되새기며, 동생 등짝을 향해 날아가려는 손을 억눌렀다. 큰 승리를 위해 작은 굴욕은 참기로 했다.

“글루텐은 밀가루 단백질이야. 빵이 촉촉하고 끈적끈적한 느낌이 나는 건 글루텐 때문이야. 적당한 글루텐이 있어야 빵이 잘 구워져. 이게 유럽식 빵 만들기야. 말로는 쉬운데 해 보면 어려워.”

그래 너 잘났다는 말을 하고 싶었지만 적당한 때가 아니었다.

"네가 요즘 실험하는 건 뭐야?"

"천연 발효 빵 가게에서 배운 대로 해 보는 거야. 다양한 천연 발효 액종을 만들어서 맛이 어떻게 다른지, 발효가 잘되는 조건은 뭔지를 알아보는 중이야."

바로 이거다 싶었다. 동생이 알려 주는 대로 빵은 유럽식으로 만들고, 천연 발효액종으로 실험하면 될 듯했다.

"어떤 실험인지 자세히 알려 줄 수 있어?"

"안 돼!"

친절하던 동생이 돌변했다.

"왜? 그냥 조금만."

"절대 안 돼. 이건 내 비밀 실험이야."

"그래도…… 그냥 몇 개만."

"안 돼! 나중에 내 빵집에서 맛있는 빵을 만들기 위한 연구야. 절대 안 돼!"

동생은 단호했다. 열 살짜리가 벌써 자기가 운영할 빵 가게까지 계획하며 움직이다니 어이없었지만, 또 한편으로는 대견하기도 했다. 집요하게 설득하고, 거래도 시도했지만 동생은 어떤 화학반응도 거부하는 비활성 기체처럼 꿈적도 안 했다. 결국 설득은 포기하고 동생이 빵을 만들고 천연 발효액종을 연구하고 실험하는 모습을 관찰했다. 관찰을 못 하게 하지 않아서 그나마 다행이었다. 동생이 천연 발효액종을 하나씩 확인하며 기록하는데 그 눈빛이 마치 밤을 밝히는 네온처럼 번뜩였다. 마치 아기를 키우듯이 천연 발효액종을 애지중지 돌보고 기록하고 새롭게 만들기도 했다. 동생이 연구하는 모습과 인터넷에서 검색한 자료들을 견줘 보니 동생이 무엇을 하는지 이해할 수는 있었다. 그러나 얼추 안다고 해서 실험을 하고, 천연 발효 빵을 만들 수는 없었다. 눈으로 보고 머리로 헤아리는 것과 직접 빵을 만드는 것은 전혀 차원이 다른 문제이기 때문이다.

저녁에는 우리 모둠끼리 모이기로 해서 밖으로 나왔다. 앞으로 2주 동안 어떻게 실험을 하고, 어떤 식으로 빵을 만들지 계획을 세우는 모임이었다. 우리는 각자 집에서 비슷한 거리에 위치한 독서실에서 모이기로 했다. 그 독서실에는 여러 명이 한 데 모여 이야기를 나눌 수 있는 모임방이 있어서 의논하기 딱 좋았다. 독서실까지 거리가 그리 멀지 않기에 그곳까지 걸어갔다. 거리는 간판 빛으로 빛났다. 옛날에는 간판 조명을 주로 네온과 같이 주기율표에 든 원소를 활용해 만들었는데, 이제는 점점 LED로 바뀌는 추세라는 송윤정 선생님 말이 떠올랐다. 네온은 비활성 기체로 조명을 만들면 붉은 빛을 띤다. 비활성 기체인 네온처럼 번뜩이면서도 꿋꿋한 동생과 화려한 조명 빛이 겹쳐 떠오르니 묘한 기분이 들었다.

독서실로 걸어가는데 자연과학부 단체 대화방에 송윤정 선생님이 보낸 사진이 떴다. 가정집에서 쓴다고 하기에는 꽤나 큰 오븐 두 대를 찍은 사진이었다. 여러 각도에서 오븐을 찍은 사진이 뜬 뒤 글이 뒤를 이었다.

— 작기는 하지만 빵 가게에서 쓰는 오븐을 두 대 구했어.
— 크기는 요만하지만 생각보다 한꺼번에 꽤 많은 빵을 구울 수 있는 오븐이야.
— 빵 가게에서 새로 오븐을 교체하는데 중고로 넘긴다는 걸 내가 잠깐 빌렸지.
— 사용법은 아주 간단해서 금방 배울 수 있을 거야.

그리고는 다시 사진이 떴는데 다양한 제빵 도구들이었다. 집에서 동생이 쓰는 만큼 다양하지는 않았지만 간단한 빵을 만들기에는 부족함이 없어 보였다.

— 제빵 도구도 다 샀어.
— 짝(!!!!!)을 맞춰 사 왔으니까 다투지는 않아도 돼. @^.^@~~

송윤정 선생님은 짝이란 글자 뒤에 느낌표를 다섯 개나 찍었다. 다투지 않아도 된다는 말 뒤에 붙은 그림말이 사소한 일로 다투는 우리를 비꼬는 듯해서 괜히 찔렸다. 독서실에 거의 이르렀을 때쯤 송윤정 선생님이 정리한 대결 규칙이 단체 대화방에 올라왔다.

수상한 과학실, 빵을 탐하다

1. 대결 종목 : 빵 맛 평가, 빵 연구 평가(각각 50%)

2. 대결은 2주 뒤 금요일

   (때마침 1학년 직업 현장 체험일이라 하루 내내 시간이 됨)

3. 빵 맛 대결

   − 어떤 빵을 만들지는 자유

   − 시식할 학생은 2~3학년에서 무작위로 15명을 뽑을 계획임

   − 어느 모둠이 만들었는지 가린 채 빵 맛을 평가해 점수 부여

4. 빵 연구 대결

   − 빵과 관련한 연구로 주제는 자유

   − 베끼면 0점 처리

   − 연구 보고서 작성할 것

   − 연구 결과를 학생들이 볼 수 있게 패널로 제작

   ★ 연구 평가는 학내 과학 선생님들께 부탁할 계획임

단체 대화방에 올라온 대결 규칙은 이미 지난 금요일에 들었던 내용과 대동소이했다. 그럼에도 규칙이 적힌 글을 읽으니 이길 수 있을지 갑자기 자신이 없어졌다. 이태경 쪽은 이태경만 만만할 뿐 모두 실험 실력도 좋고 머리도 뛰어났다. 우리 쪽은 믿을 만한 애가 없었다. 예나는 열정은 넘치나 재주는 모자랐고, 승연이는 수학만 잘했다. 정민이

는 과학을 좋아하고 잘하지만 기계 쪽이 주 관심 분야다. 지환이는 성격은 좋지만 왜 자연과학부에 들어왔는지 도무지 알 수 없는 애였다. 결국 내가 주도하지 않으면 안 되는 상황이었다. 동생에게 도움을 받고 싶었지만 동생이 하는 꼴을 보니 도움이 될지 확신할 수 없었다.

 － 아~! 예산은 넉넉히 확보했으니까, 물건 구매할 게 있으면 미리미리 신청해!
 － 신청은 이 대화방으로!

예산까지 확보했다니, 당장 내일부터 빵을 구워야 할 듯했다. 대결까지 2주도 남지 않았으니 시간도 그리 넉넉하지 않았다. 마음이 급해졌다.

 － 빵은 과학이야!
 － 자연과학부답게 멋진 승부 기대할게.

송윤정 선생님이 보낸 마지막 문자를 확인하고, 독서실로 들어갔다. 예나와 승연이는 먼저 와서 기다리고 있었다. 우리는 음료수를 나눠 마시며 이야기를 나눴다.
"난 라면도 제대로 못 끓이는데 빵을 어떻게 만드냐?"
"검색해 봤는데 그리 어렵지는 않아."

"나도 찾아보기는 했는데 이스트를 쓰면 그렇게 어렵지 않겠던데, 우린……."

예나가 말을 멈추고 잠시 한숨을 내쉬었다. 예나 한숨이 괜히 나 때문인 듯해서 미안했다.

"우린 천연 발효 빵을 만들어야 하잖아. 인터넷에서 찾아봤는데 장난이 아니야. 만들기도 어렵지만, 도대체 그걸로 어떻게 실험해야 할지 막막해."

"쌤이 올린 오븐 봤냐?"

"봤지. 장난 아니던데."

"쌤은 왜 그렇게 일을 크게 벌이는지 몰라."

"자연과학부인데 빵 만들기라니……, 에휴."

"쌤이 그러잖아. 빵은 과학이라고."

"빵이 음식이지 어떻게 과학이냐?"

"내가 빵 만들기를 해야 한다고 했더니, 우리 엄마는 아주 반색을 하더라. 아주 훌륭한 경험이 될 거라고."

"동생이……."

"동생이 뭐?"

"아니야."

나는 동생이 빵도 만들고, 실험도 한다는 사실을 이야기하려다 그만두었다. 괜히 동생이 어떤지 자세히 말했다가 책임지지 못하면 큰일이기 때문이다. 동생이 협조를 잘해 주면 모르겠지만 낮에 보여 준 태도로 보아 기대를 안 하는 게 좋을 듯했다.

"그나저나 지환이랑 정민이는 왜 이렇게 안 와?"

나는 말을 돌렸다. 때마침 정민이와 지환이가 들어왔고, 우리는 빵 만들기 대결을 승리로 이끌기 위한 논의에 들어갔다.

"난 쌤이 마지막에 보낸 문자가 가장 중요하다고 봐."

지환이가 휴대전화에 찍힌 문자를 보여 주며 말했다.

"자연과학부답게! 자연과학부다운 게 뭘까? 그건 바로 실험이지. 동인이나 우리나 빵 만들기는 초보야. 아무리 잘 만들어 봐야 맛이 그게 그거지. 열다섯 명이 점수를 매긴다고 하는데 그리 차이는 안 날 거야. 그렇지만 실험은 달라. 그러니까 우리는 실험에 초점을 맞춰야 돼."

지환이가 제법 정확하게 분석을 했다. 내 생각도 지환이와 같았다.

"그래도 빵은 제대로 만들어야 하지 않을까?"

"초보라서 맛은 그게 그거라고 했는데 안 그럴 수도 있어. 우리는 천연 발효 빵이고 걔네들은 이스트 빵이잖아. 걔네들이 빵을 만들기는 훨씬 쉬울 거야. 판정단으로 참석한 선배들도 이스트로 발효한 빵에 더 익숙할 거고. 그러니까 아무래도 맛은 더 불리하다고 봐."

"그러니 더욱 실험으로 승부를 봐야지."

"그건 맞아. 실험을 잘해야지."

"근데, 걔네들은 실험을 안 하겠냐?"

"그건 걱정 마. 그쪽은 이스트로 빵 만들기인데 실험해 봤자 뭘 하겠냐? 뻔하지."

수상한 과학실, 빵을 탐하다

그 말을 들으니 조금은 안심이 되었다.

"문제는 우리가 어떤 실험을 하느냐지."

"그래서 우리가 모인 거잖아."

"실험을 뭐 할지는 생각해 봤어?"

활발하게 이어지던 대화가 뚝 끊겼다. 이제 내가 나설 차례였다.

"우리가 발효 빵을 만들어야 하니까 발효 실험을 하는 게 좋을 듯해."

모든 눈길이 나에게 모아졌다.

"빵을 비롯해서 김치, 된장, 젓갈, 요구르트, 치즈, 식초, 술은 모두 발효야. 발효와 부패는 아주 작은 차이인데, 미세한 차이로 인해 발효가 되기도 하고, 부패가 되기도 해. 밀가루를 발효시켜 빵이 되게 하는 미생물을 효모라고 하는데, 효모는 당분을 먹고 이산화탄소와 알코올을 만들어. 이 이산화탄소가 빵을 부풀게 만드는 거야. 밀을 반죽하면 밀에 있는 단백질 분자가 결합해 글루텐을 만드는데, 글루텐은 점성과 탄성을 지니고 있어서 이산화탄소가 도망가지 못하게 붙잡아. 그러면서 빵이 부풀어 오르는 거지."

나는 동생에게 배운 지식과 인터넷에서 검색한 지식을 종합해 이야기를 풀어 나갔다.

"눈에 안 보이지만 우리 주변에는 수많은 미생물이 있어. 이런 미생물을 과일이나 채소로 배양하면 천연 발효액종이 탄생해. 천연 발효액종을 밀가루에 넣어서 만드는 게 발효종인데, 과일이나 채소를 이용하지 않고 물과 밀가루만을 이용해서 발효종을 만들기도 한대. 발효종을 영국에선 사워도우, 프랑스에선 르뱅이라고 불러. 다 알겠지만 공장에서 생산하는 발효종을 흔히 이스트라고 불러. 이스트는 효모 가운데 더 잘 발효되는 종류를 배양한 거야. 어떤 사람은 천연 효모보다 이스트가 훨씬 좋다고 말하기도 해. 현대 문명이 거둔 혜택이라는 거지. 그렇지만 공장에서 배양한 이스트는 배양 과정에서 몸에 안 좋은 첨가물도 많이 들어간다고 비판하는 사람도 있어. 특히 이스트는 균이 하나뿐인데 반해 천연 발효 빵은 다양한 미생물이 있어서 몸에 더 좋다고 주장해. 개인 경험이긴 하지만 천연 발효 빵을 먹어 보니 소화도 잘되는 것 같기는 해."

딱 하루동안 쌓은 지식이었지만 제법 잘 설명해 내서 뿌듯했다. 한편으로는 너무 길게 지식을 늘어놓은 게 아닌가 싶어서 눈치가 보였지만, 실험 계획을 설명하기 위해서는 어쩔 수 없었다.

"인터넷에 나온 글을 읽고 동영상을 봐도 무척 헷갈렸는데 네 설명을 들으니 딱 정리가 되네."

지환이가 그리 이야기해 주니 고마웠다.

"혹시, 실험 계획도 생각해 봤어?"

"조금 생각해 보긴 했는데, 어떤지 들어 봐."

나는 동생과 이야기를 나누며 적바림한 종이를 꺼냈다.

"우리는 전문가도 아니고, 시간도 얼마 없어. 그래서 지나치게 복잡한 실험은 안 하는 게 좋을 듯해."

"그건 격하게 동의."

정민이가 볼펜으로 책상을 세게 쳤다.

"그래서 생각해 봤는데, 두 가지 방향으로 실험을 하면 어떨까 싶어."

친구들은 나에게 눈길을 모으며 집중했고, 나는 적바림한 종이를 다시 한 번 확인했다.

"총 두 가지 방법이 있어. 첫째, 같은 재료를 놓고 발효 조건을 달리해 보는 거야. 이를 테면 건포도로 발효를 하면서 온도 조건을 다르게 하고 발효가 어떻게 달라지는지 확인해 보는 거지."

"그거 좋네."

또다시 정민이었다.

"둘째는 같은 조건에서 재료를 달리했을 때 발효가 어떻게 다른지 실험해 보는 거야. 예를 들면 밀가루, 건포도, 매실 등을 똑같은 조건에서 견줘 보면서 어떻게 되는지 관찰하는 거지. 동생⋯."

동생을 거론하면 안 되기에 얼른 말을 바꿨다.

"아니⋯, 인터넷을 보니까 요즘이 발효에 딱 좋은 온도래. 그러니까 어떤 재료가 발효가 잘 되는지 견줘 보는 데 요즘 날씨는 아주 좋은 조건이야."

나는 적바림한 종이를 짚어 보며 내가 제대로 말했는지 확인했다.

"어때, 어느 쪽이 나을까?"

내가 의견을 물었다.

"둘 다 하자. 뭐 어려운 것도 아니고."

정민이가 곧바로 의견을 밝혔다.

"나도 동의. 동인들을 이기려면 하나만 하는 것보다 두 가지 실험을 다하는 게 좋지."

지환이가 정민이 의견에 동의하자 승연이와 예나도 그에 따랐다.

우리는 세밀하게 실험 계획을 세웠고, 송윤정 선생님께 사 달라고 요청할 물품도 정리했다. 마지막으로 각자 역할도 정했다. 예나는 요리는 전혀 할 줄 모르고, 자료 정리는 자신 있다고 해서 빵과 발효에 관한 이론을 조사해서 패널로 만드는 작업을 도맡아 하기로 했다. 선생님께 물품을 요청하고 관리하는 일도 맡았다. 승연이는 실험 과정을 기록하고 결과를 보고서로 만들고, 패널 작업도 맡기로 했다. 결국 나는 남자애들 둘과 함께 발효 실험을 하고, 빵 만들기까지 책임져야 했다.

나름 각자 잘하는 분야를 맡았고, 역할도 골고루 분산되었기에 모두 불만이 없었다. 이대로만 하면 실험도 잘되고, 대결에서 승리할 수 있으리라 믿었다. 무엇보다 모임 막판에 정민이가 실험과 관련해서 아주 멋진 제안을 했다. 그 제안대로라면 우리는 승리할 수밖에 없었다. 실험에 들어가지도 않았는데 이미 승리한 듯했다.

실험은 계획대로 순탄하게 이루어졌다. 정민이 덕분에 실험은 멋진 결과물을 만들어 냈다. 그러나 전혀 예상치 못한 문제가 발생했다. 안타깝게도 우리가 무엇을 놓쳤는지는 대결이 막바지에 이르러서야 깨달았다.

Na
주기율표에서 찾아낸 승리

이태경

Na **나트륨(Natrium), 원자 번호 11.**
소금을 이루는 핵심 요소로 생명체 활동의 필수 성분.
반응성이 강한 금속으로 염화나트륨과 같은 형태로만 존재하고,
주로 바닷물에 녹아 있으며 암염 형태로 육지에도 있다.

월요일, 우선급식 혜택을 누리기 위해 급식실에 왔다가 깜짝 놀랐다. 컴퓨터과학부가 급식실 한편에 설치한 전시물 때문이었다. 식탁 세개를 연결해서 설치한 전시물은 도시 모형을 그대로 옮겨 놓은 듯했다. 온갖 건물과 도로들이 복잡하게 얽혀 있는데, 거리를 걷는 사람 모형도 꽤 많았다. 같은 구간을 느리게 반복해서 움직이는 차도 보였다. 출발점과 도착점이 큰 글씨로 쓰여 있는데 빨간색과 파란색 감지기가 출발과 도착을 알려 주는 듯했다. 도시 구조물 위로는 미니카 경주 트랙이 복잡한 미로처럼 설치되었는데, 미니카 14대가 경주를 위해 준비되어 있었다. 전시물 옆에는 자율 주행차를 설명하는 영상이 나오고, 전시물 옆으로는 자율 주행차에 필요한 기술들을 간략하게 설명하는 패널이 길게 자리했다.

나는 급식을 받을 생각도 못 하고 넋을 빼앗긴 채 구경을 했다. 권우현은 컴퓨터과학부라고 쓴 패찰을 단 채 자랑스러운 웃음을 지어 보이며 나에게 손을 흔들었다. 컴퓨터과학부 1학년 학생들은 모두 패찰을 단 채 전시물 근처에 서 있었다. 나는 우현이에게 다가갔다.

"3교시 끝나자마자 사라지더니 이거 설치한 거였어?"

"설치는 일요일에 거의 다 끝냈는데, 마무리 작업하느라……. 끝내주지?"

"이게 대체 뭐야?"

"아래쪽은 자율 주행차야. 출발지에 놓으면 도착지까지 도로를 따라서 움직이는 거야. 장애물이 나오면 피하고, 사람이 오면 멈추고, 다른 차량은 잘 피하면서 도착지까지 가는 거지."

"너도 이걸 만드는 데 참여한 거야?"

"그럼! 내가 코딩한 자율 주행차도 있어."

"대단하다."

진심으로 한 감탄이었다.

"저 미니카 경주 트랙은 뭐야?"

"우리가 기본 부품을 사서 직접 미니카를 만들었거든."

"미니카를 산 게 아니라 만들었다고?"

"그래. 몸통도 직접 꾸몄어. 이게 내가 만든 건데, 어때?"

우현이는 파란빛 파도가 꿈틀대는 유선형 자동차를 나에게 보여 주었다. 시중에서 파는 미니카와 달리 세련되지는 않았지만 생김새가 독특해서 훨씬 눈에 잘 띄었다.

"이걸로 대회를 할 거야. 최고 기록을 세우면 상금도 두둑하게 준다고 했어. 그러니까 응원해 줘."

"부럽다!"

진심으로 부러웠다.

"어쭈! 아주 잘난 척하려고 난리를 피웠군."

그때 아주 익숙한 목소리가 들렸다.

"뭐냐? 훼방 놓으려고 왔냐?"

이명재 선생님은 송윤정 선생님을 보자마자 방어 태세를 취했다.

"내가 깡패냐? 훼방 놓게. 너희들은 뭐야?"

송윤정 선생님은 전시물 주변에서 넋을 잃고 구경하는 자연과학부원들에게 소리를 질렀다.

"3학년들 들어오잖아! 빨리 급식 먹어야지 뭐 하는 짓이야? 이런 쓸데없는 거 구경하는 데 정신 팔지 말고 빨리 급식 먹고 실험실로 가."

그러고 보니 나뿐 아니라 자연과학부 애들이 전부 넋을 놓고 구경하고 있었다. 우리는 야단을 맞고서야 급식을 받으러 갔다. 하마터면 3학년 선배들에게 밀릴 뻔했는데 아슬아슬하게 먼저 급식을 받았다. 송윤정 선생님이 눈을 부라리며 노려보았기 때문에 밥을 허겁지겁 먹고 실험실로 달려가야 했다. 우현이가 만든 자율 주행차와 미니카를 구경하고 싶었는데, 안타깝게도 그럴 수 없었다. 우현이도 내가 송윤정 선생님에게 쫓겨나다시피 가는 걸 봤기 때문에 이해해 주리라 믿었다.

우리가 실험실에 다 모이자 송윤정 선생님은 한참 이명재 선생님에 대한 험담을 늘어놓더니, 문자로 알려 준 대결 규칙을 또다시 설명했다. 대결 규칙을 다 설명한 뒤에 송윤정 선생님은 우리들이 신청한 물품이 든 종이 상자를 올려놓았다.

"자! 2모둠은 이 실험실을 그대로 이용하면 되고, 1모둠은 기자재 창고로 이동하자."

"쌤! 기자재 창고라뇨?"

다은이가 따져 물었다. 우리, 그러니까 동인을 송윤정 선생님은 1모둠이라 불렀다.

"너희들은 남자가 셋이잖아. 그러니까 기자재 창고를 써."

"그런 게 어딨어요? 그럼 우리가 불리하잖아요."

"불리하긴 뭐가 불리해? 거기도 여기랑 다를 바 없어. 다 치워 놨으니까 그냥 이 짐만 들고 가면 돼."

쌤은 우리 의견을 가볍게 묵살하더니 우리를 기자재 창고로 데리고 갔다. 나와 성현이, 성우는 무거운 짐을 들고 낑낑거리며 따라갔다. 기자재 창고는 제1과학 실험실 옆에 있는 창고인데, 과거에는 각종 물품을 보관하는 창고로 쓰이다가 점점 아무도 쓰지 않으면서 버려진 공간이 된 곳이다. 기자재 창고 문을 여니 한가운데 통로만 짐이 치워져 있고, 양쪽으로 안 쓰는 물건이 한 가득이었다.

기자재 창고 안쪽은 이미 깨끗하게 치워져 있었다. 한쪽에는 오븐이 자리잡았고, 수도 시설도 갖춰져 있었으며, 가운데에 놓인 식탁은 요리와 실험을 하기에 넉넉했다. 그리 크지 않은 공간이라 넓은 제2실험실보다 아늑한 분위기여서 마음에 들었다.

"모둠장이 누구지?"

성우가 손을 들었다.

"여기 열쇠!"

성우가 열쇠를 받았다.

"오늘부터 대결이 벌어지는 날까지 너희들은 제2실험실 출입금지야!"

그 외에 몇 가지 주의사항을 말해 주고 송윤정 선생님은 기자재실을 나갔다.

"자! 이제 해 볼까?"

"일단 물품부터 확인하자."

우리는 어제 만나서 역할을 나눴다. 나와 다은이는 빵을 만들고, 성우와 성현이, 그리고 김주현은 실험을 하기로 했다. 처음에는 다 같이 실험을 하면서 빵을 만들려고 했는데 성우가 강력히 주장해서 방향을 바꿨다.

"생각해 봐! 겨우 십 일도 안 되는 기간 동안 실험을 해 봤자 얼마나 잘하겠어? 우리도 그렇고, 저쪽도 마찬가지지. 또 하나, 우리나 저쪽이나 빵을 만들어 본 사람이 아무도 없어. 십일 동안 빵 만들기만 연습해도 제대로 된 빵을 만들기가 쉽지 않을 거야. 그런데 실험까지 하면서 어쩌다 몇 번 빵을 만들면 빵을 제대로 만들 수 있겠어? 무엇보다도 저

쪽은 천연 발효 빵을 만들어야 하는데 조사해 보니 그게 쉽지 않아. 대결 점수 가운데 절반이 빵맛으로 결정 나. 그러니까 집중해서 빵 만들기를 할 사람을 따로 정해서 빵 맛으로 압도해 버리는 거야. 물론 실험도 중요해. 그렇지만 실험은 웬만큼 망치지지만 않으면 저쪽이 우리를 압도할 가능성은 낮아."

이렇게 말하며 성우는 빵 만들기만 집중해서 연습할 사람 두 명, 실험에만 집중할 사람 세 명으로 나누자고 했다. 성우가 제시한 근거가 그럴듯했기에 우리는 성우 의견에 따랐다. 나는 다은이와 함께 빵 만들기를 맡았다. 다은이가 빵 만들기 체험을 한 번 해 봤고, 나와 다은이는 친하기에 둘이 맡기로 한 것이다. 주현이는 실험을 잘하고, 성현이는 정리를 잘하며, 성우는 머리가 비상하니 셋이 힘을 합치면 실험에서 서인들에게 밀릴 것 같지는 않았다.

점심시간뿐 아니라 수업이 끝나고 남는 시간에도 기자재실에서 반죽을 하고 빵을 구웠다. 집에 와서도 틈만 나면 같이 모여서 빵을 만들었다. 나와 다은이는 어려서부터 친구라 손발이 잘 맞았다. 토요일과 일요일에도 학교에 나와 열심히 빵을 만들었다. 인터넷을 보고 그대로 따라해 보기도 하고, 살짝 변형해 보기도 했다. 그런데 일주일을 열심히 연습했음에도 빵은 그리 맛이 없었다. 인터넷에 나온 대로 재료별 혼합 비율을 정확히 맞춘 다음, 조건에 맞춰 이스트로 발효를 시키고, 오븐 온도도 정확히 맞추고 시간도 지켰는데 평소에 가게에서 사 먹던 빵 맛이 전혀 나지 않았다. 왜 그렇게 맛이 안 나는지는 도무지 알 수가 없었다.

월요일 수업이 끝나고 우리는 중간 점검 회의를 했다. 먼저 주현이가 나서서 실험에 대해 설명했다. 실험은 꽤나 잘되는 듯했다. 밀가루에 함유된 글루텐에 따른 특성, 재료 혼합비율에 따라 발효되는 정도, 온도 조건에 따른 발효 차이, 우리밀과 수입 밀을 견주는 실험 등 밀가루를 중심에 두고 다양한 실험을 했다. 실험은 늘 똑같은 양의 밀가루로 부풀어 오른 정도를 견주며 측정했기에 그냥 보기만 해도 결과를 이해할 수 있었다. 일주일밖에 안 됐는데 어떻게 저렇게 체계를 잡고 실험을 했는지 놀라웠다.

문제는 나와 다은이었다. 실험은 지지 않을 만큼만 하고 빵 맛으로 압도하자는 계획이었는데, 반대로 될지도 모르겠다는 생각이 들었다. 우리 동인이 이겨서 박채원 코를 납작하게 만들면 기분이야 좋겠지만, 내가 승리에 아무런 기여도 못 한 채 이기긴 싫었다. 주현이가 지금까지 한 실험을 설명하고 앞으로 할 실험 과제를 제시하며 발표를 마무리했다.

주현이가 발표를 마무리하자 다은이가 종이 가방을 꺼내서 책상에 올려놓았다.

"이게 뭐냐?"

성현이가 물었다.

"우리가 만든 빵. 최종 결과물이야."

다은이 목소리에 힘이 없는 건 나만 느낀 듯했다.

"와! 대단한데."

"멋지다!"

"맛있겠다."

셋은 호들갑을 떨며 종이봉투에서 빵을 꺼냈다.

"이거 빵집에서 사 온 빵 아니지?"

"빵집에서 파는 빵이라고 해도 믿겠다."

"이거 우리가 이기겠는걸."

그러나 호들갑은 빵이 입으로 들어감과 동시에 뚝 끊겼다. 말이 필요 없었다. 얼굴 표정이 빵 맛이 어떤지 정확히 보여 주었다. 나와 다은이는 이미 빵 맛이 어떤지 알기에 더욱 시무룩해졌다. 셋은 먹던 빵을 내려놓고 심각해졌다. 잠시 동안 기자재실에 무거운 침묵이 흘렀다.

"정말 열심히 했는데……. 알아, 변명이란 거. 근데… 좋다는 방법으로 했는데도 이래. 도대체 뭐가 문제인지 모르겠어."

다은이는 애들 눈치를 살폈다. 나도 괜히 죄인이 된 듯 미안했다.

"그게… 그러니까…… 아니야, 미안해. 그냥 인터넷에서 본 대로 따라하면 될 줄 알았는데……, 너무 쉽게 봤어."

"됐어! 괜찮아!"

성현이었다.

"겨우 일주일이잖아. 일주일 연습해서 빵을 맛있게 만들면 제빵사는 아무나 되게?"

성현이가 다은이를 다독였다.

"그건 그래. 실험도 그렇잖아. 선생님이 알려 주신 대로 똑같이 했는데도 이상하게 우리가 하면 잘 안 되고, 선생님이 하면 바로 잘되고. 그런 적 많았잖아. 빵도 같은 거지."

주현이도 다은이를 위로했다.

"아무래도."

성우가 입을 열었다.

"내 판단이 잘못이었나 봐."

성우가 머리를 긁적이며 미안한 표정을 지었다.

"이스트를 쓰니 집중해서 연습하면 단기간에 아주 쉽게 맛있는 빵을 만들 수 있으리라 봤는데……. 성현이 말대로 인터넷 보고 연습해서 일주일에 제빵사처럼 맛있는 빵을 만들기는 쉽지 않을 거야."

애들이 같은 마음으로 위로를 하니 다은이 표정이 한결 편해졌다. 눈치를 보던 내 마음도 조금 가벼워졌다. 마음은 가벼워졌지만 문제는 그대로였다. 실험으로 승리하리란 보장도 없는 상태에서 빵 맛이 이 지경이라면 승리를 확신할 수 없었다. 박채원에게 진다면…? 상상하기도 싫었다. 박채원이 나를 깔보며 잘난 척하는 꼴을 상상하니 손이 부들부들 떨리기까지 했다. 박채원에게 질 수는 없었다. 꼭 이기고 싶은데, 빵 맛으로 이길 자신은 없었다. 며칠 더 연습한다고 빵 맛이 아주 좋아지리란 보장은 없었다. 노력해 보겠지만 결과를 장담할 수 없었다. 이런 빵 맛이라면 천연 발효 빵에 점수를 더 주는 학생들이 나오

지 않으리란 보장도 없었다. 빵 맛이 아니라면, 다른 방법으로 승리할
수는 없을까? 어떻게 하면 확실하게 이길 수 있을까? 불확실한 승부를
벌이기는 싫었다. 확실히 이길 만한 방법이 없을까? 머리를 굴렸지만
방법이 떠오르지 않았다.

"그나저나 송윤정 쌤은 귀찮게 왜 이런 대결을 시키신 거야?"

주현이가 짜증을 냈다.

"난들 아냐! 화해하게 만들려면 이런 번잡한 실험은 안 시키지. 그
냥 우리가 골치 아파하는 꼴을 구경하고 싶으신 거겠지."

나는 전에 내 말을 꼬투리 잡아서 조사연구를 시켰던 일을 떠올리며
투덜거렸다.

"쌤이 우리를 골탕 먹인 게 한두 번이냐?"

다은이가 입을 삐죽 내밀었다.

"그게 그렇지 않을 거야."

성우가 고개를 좌우로 흔들었다.

"그럼 뭔데?"

"질투지."

"질투?"

"다른 말로 하면 승부욕."

"아! 혹시?"

"혹시가 아니라 확실해."

"설마 컴꽈 때문에?"

"당연하지. 컴꽈가 식당에 만들어 놓은 전시물, 인기가 엄청났잖아. 교장 선생님까지 와서 구경하며 칭찬하고."

"그 바람에 송윤정 쌤이 한바탕 우리를 구박했고."

"그니까. 송윤정 쌤은 이명재 쌤을 이기고 싶은 거야."

"빵이랑 그거랑 뭔 상관인데?"

"실험 결과를 전시해서 선생님들을 몽땅 끌어들이고, 빵 맛 평가단을 모집해서 학교를 떠들썩하게 하려는 거잖아. 이미 수업 때마다, 다른 쌤들 볼 때마다 알리고 다니신대."

"그런다고 컴꽈를 누를 수 있겠어? 식당에 전시된 거 봤잖아. 기껏해 봐야 우린 빵인데."

"쌤은 그렇게 생각 안 하나 봐. 내가 알기로는 우리를 지원해 준 물품, 전부 쌤 개인 돈으로 마련한 거래."

"정말?"

"환장하겠군."

서인들을 이기는 것도 벅찬데, 가득 부풀어 오른 송윤정 선생님 기대도 채워 줘야 한다고 생각하니 몹시 부담스러웠다. 애들 얼굴에도 부담감이 한가득이었다.

"하여튼 송윤정 선생님은 정말 특이해."

맞다. 송윤정 선생님은 특이하다. 그러니 특이한 대책이 필요하다.

"주기율표를 외우라고 할 때부터 알아봤어야 하는데."

주기율표를 외우려고 고생했던 생각을 하니 어처구니가 없었다. 실험할 때도 툭하면 주기율표를 외우고, 주기율표에 나온 원자와 관련한 질문을 해 댄다. 제대로 답변을 못 하면 구박을 당하기도 한다. 서인에 속한 나승연이 나트륨(Na)을 제대로 답변하지 못해서 엄청 잔소리를 들은 적도 있었다. 어떻게 맨날 먹는 소금을 이루는 핵심 원자인 나트륨도 모르냐면서 구박을 당했다. 나트륨이 없으면 생명도 없다면서, 한동안 나트륨이 어쩌고저쩌고 하는 잔소리를 줄기차게 쏟아 냈고, 나중에 나승연이 제대로 이해했는지 확인까지 했다. 나승연은 그 뒤로 주기율표만 보면 기겁을 했다. 물론 주기율표만 떠올리면 나도 알레르기를……!

"아!"

문득, 아주 멋진 생각이 떠올랐다. 송윤정 선생님도 만족시키고, 평가단도 우리 쪽으로 끌어들일 수 있는 확실한 방법이었다.

"유레카!"

나는 벌떡 일어나며 소리를 질렀다.

"뭐야?"

"왜 그래?"

애들은 놀라고 황당해 하며 나를 쳐다봤다.

"유레카라니까!"

아르키메데스가 목욕탕에 옷도 안 입고 뛰쳐나간 기분을 알 듯했다. 아, 물론 나는 옷을 벗은 채 뛰어나갈 생각은 전혀 하지 않았다.

Mg
예정된 패배 앞에 서서

박채원

Mg 마그네슘(Magnesium), 원자 번호 12.
은백색의 가벼운 금속으로 생명 유지에 필수인 원소.
탄산음료, 정제 설탕은 마그네슘을 몸 밖으로 빠져나가게 하고,
마그네슘 결핍되면 불안, 불면, 떨림 증상 등이 나타난다.

큰일났다. 이대로 가다가는 진다. 실험을 망치지는 않았다. 아니 실험은 예상보다 훨씬 훌륭했다. 계획한 실험은 아주 잘됐다. 더구나 우리는 정민이가 가져온 위상차 현미경까지 사용했다. 위상차 현미경은 우리를 승리로 이끌 핵심 무기였다. 정민이 이모는 임상병리사인데 정민이가 발효 연구를 한다고 하자 본인이 쓰던 위상차 현미경을 빌려주었다. 그 전까지 학교에서 사용하던 현미경이 아니라 위상차 현미경을 사용하니 완전히 새로운 세계가 열렸다. 위상차 현미경을 쓰니 훨씬 선명했다. 송윤정 선생님은 현미경을 쓸 때마다 명색이 자연과학부인데 위상차 현미경도 없다면서 투덜거렸는데 왜 그렇게 위상차 현미경을 입에 달고 살았는지 알 만했다. 위상차 현미경으로 보면 선명해서도 좋았지만 무엇보다 영상과 사진으로 실험 결과를 곧바로 확인

할 수 있어서 좋았다. 발효가 되는 정도를 그날그날 위상차 현미경으로 관찰하고 사진과 영상을 찍었다. 사진은 패널과 보고서를 만들 때 사용했고, 영상은 쭉 모아서 편집까지 했다. 자료 정리는 예나와 승연이가 아주 잘했다. 예나는 논문까지 찾아가며 어려운 이론을 쉽게 정리했다. 승연이는 꼼꼼한 기록으로 실험을 뒷받침하고, 패널 작업에서 솜씨를 발휘했다. 지환이는 실험에서 하는 역할은 미미했지만 영상 편집에서 탁월한 역량을 발휘했다. 정민이는 전시 패널에 사용할 태블릿까지 가져왔다.

이렇게 모든 게 완벽했다. 우리 실험은 수요일에 마무리되었고, 승리는 우리 것이 분명하다고 믿었다. 수요일에 처음으로 직접 빵 만들기 작업에 돌입했다. 발효한 액종을 밀가루에 넣어 반죽을 하고, 시간을 두어 발효를 시켰다. 이제 오븐에 구우면 멋진 빵이 되리라 믿었다. 준비한 반죽으로 목요일에 빵을 구웠다. 그런데 어처구니없게도 빵이 제대로 부풀어 오르지 않았다. 도대체 뭐가 어떻게 된 건지 알 수 없었다. 분명히 천연 발효액종은 아주 훌륭했다. 위상차 현미경으로 관찰했을 때 효모가 활발하게 움직이는 모습을 확인했다. 그걸로 반죽을 해서 구우면 빵이 '짜잔' 하고 구워질 줄 알았다. 인터넷에서 본 대로 그냥 만들면 빵이 될 줄 알았다. 그냥 맛이 없다면 그러려니 하겠다. 맛이 없으면 설탕을 많이 넣기만 하면 된다. 어차피 저쪽이나 우리나 빵을 탁월하게 만들지는 못할 것이기에 빵 맛은 그리 중요하다고 여기지 않았다. 그런데 빵이 모양조차 제대로 나오지 않는다면 이야기가 달라

수상한 과학실, 빵을 탐하다

진다.

목요일, 빵 굽기에 완벽하게 실패한 뒤 우리는 정신이 붕괴되기 직전으로 몰렸다. 승연이와 예나는 보고서 작업을 마무리한다며 집으로 갔다. 지환이도 동영상 편집을 위해서 집으로 갔다. 나와 정민이 둘이서 실패한 빵을 앞에 두고 어찌할 바를 모른 채 멍하니 제2실험실에 앉아 있었다. 창밖으로 어두운 운동장이 보였다. 내 마음도 어두웠다. 실험을 아무리 잘해도 빵을 만들어 내지 못하면 진다. 빵을 못 만들면 0대 50이 된다. 물론 위상차 현미경까지 사용하고, 영상까지 현란하게 만든 우리가 실험에서는 이기겠지만 50대 0으로 이기기는 불가능하다. 태경이야 별 볼일 없지만 다른 애들은 모두 만만치 않은 실력이기 때문이다.

빵 만들기를 연습해야 했다. 실험에 집중하느라 빵 만들기를 소홀히 한 게 큰 실수였다. 발효 실험을 하면서 빵 만들기 연습도 해야만 했다. 동생이 빵을 쉽게 만드는 모습을 보고 빵 만들기를 만만하게 본 내 잘못이었다.

"뭐가 문젤까?"

답을 못 할 걸 알면서도 물을 수밖에 없었다.

"모르지."

정민이는 부풀어 오르지 않은 빵을 무섭게 노려봤다.

"며칠만 여유가 있으면 실패한 이유를 알아낼 수 있을 텐데."

정민이 말처럼 시간만 있으면 빵을 제대로 구워 낼 자신은 있었다.

변수를 바꿔 가며 다양하게 시도하다 보면 제대로 된 빵이 나올 것이다. 물론 시간만 있다면 말이다. 목요일도 다 지나갔고, 내일이면 대결이다. 외부 도움은 받을 수 없다. 처음부터 끝까지 선생님 앞에서 빵을 만들어야 한다. 빵을 다 구우면 곧바로 송윤정 선생님이 선발한 평가단에게 빵을 주고 맛을 평가받아야 한다. 내일 무작정 시도하면 빵이 잘될까? 어쩌면 내일은 빵이 제대로 잘 구워질지도 모른다. 새롭게 반죽을 해서 발효가 잘되게 놔두고 가면 내일은 제대로 된 빵이 나올지도 모른다. 밀가루에 들어간 액종이 발효가 될 시간이 모자랐거나, 비율이 안 맞았을 수도 있다. 어쩌면 내일은 아주 멋진 빵이 탄생할지도 모른다. 어쩌면 될지도 모른다는 막연한 행운에 기댈 수밖에 없는 걸까?

시간은 늦었고 더 논의해야 뾰족한 수도 없었다. 어쩔 수 없이 우리는 2차 발효를 위해 액종과 밀가루를 섞어서 다시 반죽을 하고, 밀봉한 다음 실험실에서 나왔다. 운동장에서 바라본 기자재실 창문은 밝은 불빛으로 빛났다. 빵도 제대로 못 굽고 패배하면 이태경은 얼마나 나를 놀려 댈까? 놀림받을 걱정을 하니 부들부들 떨렸다. 실험을 하느라 그 고생을 했는데, 정작 빵을 제대로 굽지 못해서 질지도 모른다니, 눈물이 날 만큼 억울했다.

"쟤들도 열심히 하네."

정민이도 기자재실을 바라보고 있었다.

"그나저나 빵은 어떻게 하냐? 내일은 제대로 될까?"

내가 답할 수 없는 질문을 정민이가 던졌다.

"운에 맡겨야지."

나는 씁쓸하게 답할 수밖에 없었다.

한참을 기자재실을 바라보다 집으로 왔다. 현관문을 열고 집으로 들어오는데 몸이 천근만근 무거웠다. 몸에 한기가 느껴졌다. 이러다 덜컥 아파 버리면 어떻게 될까? 핑계를 댈 수 있지 않을까? 실험으로 이기고, 빵은 내가 아파서 못 만든다고 하면 되지 않을까?

"와! 맛있다!"

기쁨에 들뜬 엄마 목소리였다.

"그치, 그치? 맛있지?"

"응! 실력이 확 늘었는걸."

"히히,"

"빵집 차려도 되겠다."

나는 우울한데 엄마와 동생은 저리도 기쁨에 들떠 있다니, 짜증이 치밀었다. 나는 일부러 발을 쿵쾅거리며 걸었다.

"왔니? 이거 한번 먹어 봐. 서형이가 오늘 새로 구웠는데 그 빵집 맛이랑 거의 똑같아."

그냥 모른 척 지나가고 싶었지만 빵을 든 엄마 손이 내 앞으로 불쑥 들어왔기에 어쩔 수 없이 빵을 받아들었다. 먹을 기분이 아니었지만 어쩔 수 없이 입에 넣었다.

'이럴 수가!'

맛이 깊고 풍부했다. 처음에는 조금 심심한 듯하다가 몇 번 씹고 나니 깊은 향이 우러나왔다. 씹으면 씹을수록 맛이 진해졌고, 삼키기 바로 전에 맛은 최고조에 이르렀다. 입에서 식도로 넘어갈 때도 아주 부드러웠다. 이런 빵을 만든다면, 내일 빵 만들기 대결은 무조건 승리할 듯했다. 도대체 동생은 겨우 열 살인데…… 그냥 빵도 아니고 천연 발효 빵을……, 어떻게 이렇게 잘 만들 수가 있을까? 분명히 지난 일요일에 만든 빵은 이렇게 맛있지는 않은데 말이다. 비결이 뭘까? 비결? 그래, 어쩌면 동생이라면 내가 왜 실패했는지 알려 주지 않을까?

해맑게 웃으며 엄마와 빵을 먹는 동생을 물끄러미 바라보았다. 저 꼬맹이 녀석한테 또다시 굽히고 들어가서 자존심이 긁히고 싶지는 않았다.

'고집을 부릴 때가 아니야'

나는 깊은 숨을 들이마시고, 얼굴 표정을 싹 바꾸었다.

"와! 정말 맛있다. 어떻게 이렇게 맛있는 빵을 구웠어?"

내가 전에 없이 밝게 반응하자 동생은 입이 귀에 걸리며 좋아했다. 나는 한참 동안 동생을 하늘 높이 띄워 주었다.

"근데, 나는 왜 안 되지? 학교에서 실험으로 발효액종을 만들고, 오늘 빵을 구웠는데 제대로 부풀어 오르지 않아."

나는 기회를 봐서 조심스럽게 미끼를 던졌다.

"아무리 원인을 따져 봐도 모르겠어. 인터넷에서 자료를 충분히 찾아보고, 그대로 했는데 말이야."

나는 괴로움과 궁금증을 반씩 섞어서 연기를 했다.

"발효는 제대로 됐는지 확인했어?"

동생이 내 미끼를 물었다.

"위상차, 아니 아주 좋은 현미경을 사용해서 활발하게 움직이는 효모를 확인했어."

위상차 현미경이라고 하면 동생에게 구구절절 설명해야 했기에 그냥 좋은 현미경이라고 했다.

"그래? 이유가 뭘까?"

동생은 잠시 고민에 빠졌다. 고민하는 자세가 제빵을 수십 년 연구한 전문가 같았다.

"내 생각엔 말이야."

동생 말투에서 자신감이 뿜어져 나왔다. 잘난 척하는 꼴이라니.

"미생물은 아주 예민해. 효모균이 건강하지 않을 수도 있어."

"현미경으로 봤을 때는 아주 활발했어."

나는 재빨리 반박했다.

"활발하게 움직인다고 발효가 잘 된다는 보장은 없어. 반죽을 할 때 쓴 물이 효모와 안 맞았을 수 있어. 천연 발효로 얻은 효모는 작은 성분에도 아주 예민한 경우가 많아. 그냥 정수기 물을 썼다면 마그네슘과 같은 미네랄이 모자라서 발효가 잘 안 이루어질 수도 있고."

동생 입에서 마그네슘이니 미네랄과 같은 어려운 낱말이 나오니 어이없었다. 내가 어쩌면 동생을 너무 깔보고 있는지도 모르겠다. 어쩌면 동생은 정말 전문가 수준에 도달했는지도 모른다. 하기는 아주 어릴 때부터 몇 년째 빵과 씨름하며 지냈으니 전문가라고 해도 될 것이다.

"물이 아니면 소금 때문일 수도 있어. 해 보니까 소금 양에도 민감하고, 어떤 소금을 쓰느냐에 따라서도 달라져."

원인을 하나로 꼽으면 좋겠는데, 고려해야 할 변수가 너무 많았다. 며칠 동안 실험할 수만 있다면 일일이 확인하겠지만, 알다시피 나에게는 시간이 없다.

"어쩌면 밀가루가 문제일 수도 있어. 시중 밀가루는 발효가 잘 안 되기도 하거든. 이 모든 게 아니라면 특별히 발효액종에 들어온 미생물이 뭔가 탈이 났을 수도 있고. 어쨌든 원인은 모르는 거야."

동생 말은 전혀 도움이 안 됐다. 결국 모른다는 말이었다. 나는 그제야 실험실에서 인공으로 배양한 이스트를 왜 쓰는지 알 듯했다. 어떤 상황과 조건에서도 균질하게 발효가 되는 이스트를 쓴다면 이런 고민을 안 해도 된다. 어쩌면 내가 미처 몰랐지만 나는 예정된 패배를 맛보고 있는지도 모르겠다.

길이 없을까? 방법이 없을까? 이대로 패해야 할까? 답답했다. 시원한 음료수를 마시고 싶었다. 냉장고로 갔다. 문을 열었다. 냉장고에서 시원한 음료수를 꺼내려다 무언가에 눈길이 꽂혔다. 문득 길이 보였다. 그래도 되는 걸까? 잠시 망설였다. 이런 방법도 괜찮은 걸까? 방법은 찾았는데, 해도 되나 싶었다. 이태경이 비웃는 모습이 떠올랐다.

'어쩔 수 없어, 지긴 싫어'

Al
이건 불공평합니다!

이태경

Al 알루미늄(Aluminium), 원자 번호 13
지각에서 산소와 규소 다음으로 풍부한 원소.
전기가 잘 통하고 가볍고 부드러워 다양한 분야에 쓰인다.

　불공평하다. 이건 아니다. 이러면 안 된다. 급식실로 들어오는 복도 양편에 설치된 전시물을 견줘 보며 나는 불공평에 치를 떨었다. 내가 과학 실험은 잘 모르긴 하지만 실험 수준은 그저 그랬다. 성우 예상이 맞았다. 중학교 1학년 학생이 실험에서 큰 격차를 벌리기는 어렵다는 판단은 타당했다. 그런데 서인 녀석들은 내용이 아니라 형식에서 차이를 만들어 버렸다. 현미경으로 관찰한 미생물 사진에 동영상이라니……, 말이 나오지 않았다. 내용은 차이가 거의 안 나는데 미생물 사진에 동영상까지 곁들인 전시물 형식은 차원이 달랐다. 전시물 형식만 보면 우리는 초보, 저쪽은 전문가처럼 보였다. 내가 이렇게 판단할 정도라면 선생님들이 어떤 평가를 내릴지는 뻔했다. 서인들이 만들어 놓은 전시물을 본 주현이, 성우, 성현이는 나보다 더 억울해했다. 송윤정 선생님이 별도로 서인에게 비싼 장비를 제공했을 리는 없었다. 아마 서인 중 한 명이 가족이나 친척의 힘을 빌린 듯했다.

이른 아침, 학생들이 등교하지 않은 급식실 복도에서 송윤정 선생님은 흡족하게 웃으며 전시물을 구경하고, 박채원을 비롯한 서인들은 이미 승리한 듯이 떠들고, 우리 쪽 애들은 허탈함과 패배감과 분노가 뒤엉킨 고통스런 침묵에 빠져들었다. 나는 침묵할 수 없었다. 불공평한 경쟁에 승복할 수는 없었다.

"쌤, 이건 불공평해요."

"뭐가?"

나는 미생물 사진과 동영상을 가리키며, 가족이나 친척들 힘을 빌린 것은 부당하다고 주장했다.

"그러지 말라는 게 규칙에 있었니?"

송윤정 선생님은 웃음을 머금은 채 나에게 물었다.

송윤정 선생님이 보내온 규칙에 가족이나 친척들에게 장비를 빌리지 말라는 규칙은 없었다. 그렇지만 이 실험을 우리끼리만 하라는 규칙은 있었다.

"친척이나 가족 가운데 전문가에게 도움을 받으면 안 되는 거잖아요?"

나는 더 기세를 올렸다.

"당연히 그건 안 되지. 스스로 해야지. 그리고 2모둠은 장비를 가져와서 자기들 힘으로 다 했어. 그건 내가 보장해. 다른 사람이 도와주면 안 되지만 장비를 빌려오는 거야 뭐라고 할 수는 없지."

"우린 도움 받을 사람이 없잖아요. 없는 사람에겐 불공평한 거 아닌가요? 장비도 장비 나름이지 저건 완전 차원이 다른 장비잖아요."

"위상차 현미경이 차원이 다른 장비는 아니야. 그리고 너는 이미 너희가 패배할 거라고 판단한 거니?"

"네?"

"너는 선생님들이 겉모습만 보고 실험 수준을 판단할 거라고 생각하니?"

"그게 무슨……?"

나는 진심으로 당황했다.

"설마 판정하는 선생님들이 사진이랑 동영상만 보고 실험 수준을 판단할 거라고 생각하는 거냐고 물어보는 거야. 정말 그렇게 생각하니?"

그 순간, 내 고정관념 하나가 와장창 깨져 나가는 기분이 들었다.

"겉모습이 빵 맛을 결정하지 않듯이, 전시물이 실험 수준을 결정하는 건 아니야. 만약 2모둠에게 점수를 더 준다고 해도 그건 2모둠이 한 실험이 더 나았기 때문이지 영상과 사진으로 그럴듯하게 꾸며서가 아니야. 만약 나를 비롯한 과학 선생님들이 겉모습에 끌려서 판단할 거라고 믿는다면, 외부 전문가에게 내용으로만 판정해 달라고 부탁할게."

송윤정 선생님 표정에서 웃음기가 사라졌다.

"나는 공평한 기준에 따라 판정할 거야. 다른 과학 선생님들도 그러리라 믿어. 만약 네가 선생님들을 그렇게 믿지 못하겠다면 너는 그런 선생님들에게서 배우면 안 돼. 선생과 학생 사이에 믿음이 없다면 얼른 서로 그만 둬야지."

송윤정 선생님은 내 눈을 정면으로 바라봤다.

"너는 너희 모둠이 한 실험이 괜찮다고 믿니?"

예상치 못한 질문이었다. 어떤 답을 해야 할지 종잡을 수 없었다. 내가 한 실험은 아니다. 그렇지만 주현이, 성우, 성현이가 얼마나 열심히 했는지는 안다. 얼마나 고민했고, 얼마나 치열하게 했는지는 안다.

"그럼요."

나는 당당하게 대답했다.

"그렇다면 스스로를 믿어."

송윤정 선생님이 빙그레 웃었다.

그 웃음을 접하니 단단하게 굳은 채 날이 섰던 마음이 풀어졌다. 단단한 철(Fe)에서 부드러운 알루미늄(Al)으로 마음이 바뀌는 기분이었다. 알루미늄에 전기가 통하듯 몸에 기운이 돌았다. 기죽어 있던 친구들은 활기를 되찾았고, 이미 승리한 듯이 들썩이던 서인들은 웃음을 잃고 조용해졌다. 승부는 아직 끝나지 않았다. 무엇보다 우리에게는 승리할 수밖에 없는 비밀 무기가 있다. 그 무기는 아직 휘두르지도 않았다.

Si

깨끗하게 패배를 인정합니다

박채원

Si 규소(실리콘Silicon). 원자 번호 14.
지각에서 산소 다음으로 많은 원소.
반도체를 제조하는 데 쓰는 핵심 소재이며,
유리, 세라믹, 시멘트를 만드는 중심 성분이다.

주기율표 빵이라니, 깜짝 놀랐다. 동인이 내놓은 빵은 원자 번호 1
번 수소(H)부터 15번 인(P) 모양을 형상화한 것이었다. H, He, Li, Be, B,
C, N, O, F, Ne, Na, Mg, Al, Si, P 모양으로 나란히 놓인 빵 15개를 마
주하고 말을 잊을 만큼 충격을 받았다. 더구나 빵을 일일이 포장했는
데, 포장지에는 각 원자를 간략하게 설명하는 글이 붙어 있었다. 그냥
빵이 아니라 자연과학부다운 빵이었다. 충격은 거기서 그치지 않았다.
빵 옆에는 원자 모양을 한 쿠키 수백 개가 쌓여 있었다. 그 쿠키도 모두
포장을 했는데 역시 원자에 대한 설명이 붙어 있었다. 주기율표 모양
으로, 수백 개나 되는 쿠키를 일일이 구웠다니 믿을 수가 없었다. 늦은
밤까지 기자재실에 불이 켜져 있던 이유를 알 만했다.

더 놀라운 사실은 그 모든 걸 이태경이 주도했다는 점이었다. 늘 만

만하게 깔보던 이태경이었는데, 그런 면이 있었다니 의외였다. 송윤정 선생님은 전시물을 봤을 때보다 이태경이 구워 낸 쿠키와 빵을 보고 더 활짝 웃었다. 쿠키는 점심때 2~3학년들에게 나눠 줬는데 엄청난 인기를 끌었다. 선생님들도 쿠키를 맛있게 먹었다. 나는 원자 번호 14번, 규소 모양을 한 쿠키를 받았다. 쿠키를 먹기 전에 간단하게 규소를 소개한 글을 읽고 쿠키를 먹었다. 쿠키 맛이 아주 훌륭하지는 않았지만 괜찮은 맛이었다.

빵 평가단은 6교시가 끝난 뒤 급식실 입구에 설치한 전시대 앞에 모였다. 학생들로만 이루어진 평가단이 누가 만들었는지 가린 채 빵을 맛보았다. 그러나 쿠키 때문에 누가 만들었는지 가리고 평가한다는 원래 취지는 무의미해졌다. 빵 모양만 봐도 누가 만들었는지 알아챌 수 있었기 때문이다. 교장 선생님과 교감 선생님까지 와서 구경을 했다. 주기율표 모양으로 된 빵은 단연 시선을 끌었다. 우리는 빵만 내놓고 급식실 안으로 들어와서 대기해야 했다. 불안했다. 동인들이 만든 빵이 너무나 독특했기에 눈길을 끌 수밖에 없었다. 맛이 엇비슷하다면 독특한 모양에 끌릴 수밖에 없었다. 무엇보다 내가 구운 빵이 맛있으리란 보장도 없었다. 꼼수를 쓰긴 했지만, 그 꼼수가 통할지는 자신할 수 없었다.

'겉모습이 빵 맛을 결정하지는 않아!'

송윤정 선생님이 한 말을 유일한 위로로 삼으며 결과를 기다렸다. 기다리는 시간이 한없이 길었다. 급식실 입구에서 웅성거리던 소리가

수상한 과학실, 빵을 탐하다

끝나고, 조금 뒤 송윤정 선생님이 급식실로 들어왔다. 송윤정 선생님 손에는 종이 한 장이 들려 있었다. 저 종이 위에 적힌 점수가 우리 운명을 좌우하게 될 것이다.

"고생했어."

고생했다는 말과 함께 송윤정 선생님은 우리 모두를 칭찬하는 말을 한참 동안 늘어놓았지만 전혀 귀에 들어오지 않았다.

"결과를 알려 줄게."

오디션 프로그램에서 결과를 기다리는 참가자 마음이 이런 걸까?

"먼저 실험 점수, 1모둠은 41점, 2모둠은 43점!"

우리가 2점 많았다. 그러나 기뻐할 만한 점수는 아니었다. 어렵게 사진과 영상을 촬영하고, 영상까지 편집해서 꾸몄다. 그런데 겨우 2점 차이로 이기다니 안타까웠다. 사진과 영상 촬영이 없었다면, 어쩌면 실험에서 졌을지도 모른다. 2점은 얼마든지 뒤집힐 수 있는 점수였다. 빵 맛 평가는 학생들이 했기 때문에 한쪽으로 쏠릴 가능성이 높았다. 불안했다.

"다음은 빵 맛 점수, 1모둠은 45점, 2모둠은……."

45점이라니…! 빵 맛이 50점 만점에 45점이면 거의 완벽하다는 뜻 아닌가? 진 것 같았다. 눈물이 나려고 했다.

"2모둠은 49점! 2모둠 승리!"

우리 애들이 소리를 질렀다. 나는 멍하니 있었다. 어떻게 반응을 해야 할지 마음을 정할 수 없었다. 그때 놀라운 반응이 나왔다. 홍성현이

박수를 친 것이다.

"깨끗하게 패배를 인정합니다."

홍성현이 하는 행동과 말에서 진심이 느껴졌다.

"야! 서인들, 축하한다!"

홍성현이 그렇게 나오자 다른 동인 애들은 아무런 반박을 하지 않고, 결과를 깨끗하게 받아들였다. 물론 이태경은 불만이 가득한 얼굴이었다. 하여튼 이태경은 안 된다.

"실험 수준은 엇비슷했어. 그런데 빵 맛에 다들 놀라워했어. 솔직히 주기율표 모양이 아니었다면 점수 차이가 더 벌어졌을 거야. 나도 맛을 봤는데 그런 빵은 처음 먹어 봤어. 도대체 어떻게 만들었냐고 교장 선생님도 물어볼 정도였어. 놀라운 맛이었어! 솔직히 말하면 빵 맛 때문에 실험 점수도 차이가 난 거야. 실험 결과와 빵 맛이 절묘하게 조화를 이루었기에 실험 내용에서는 큰 차이가 없었지만, 2모둠 실험에 점수를 조금이라도 더 줄 수밖에 없었어."

결국 빵 맛이 승패를 갈랐다는 말이었다.

기뻐해야 하는데, 다른 애들은 다들 기뻐하는데, 나는 마냥 기뻐할수가 없었다. 깨끗하게 결과에 승복하는 홍성현을 보며 나는 내 자신이 몹시 부끄러웠다. 아무도 모르는 부끄러움이었지만, 그러기에 더욱 괴로운 부끄러움이었다.

"참! 그리고 무엇보다 기쁜 소식!"

송윤정 선생님 표정이 밝을수록 내 마음은 더욱 어두워졌다.

수상한 과학실, 빵을 탐하다

"교장 선생님이 미생물 사진과 동영상을 보고 감동하셨나 봐. 그래서 위상차 현미경을 여러 대 마련해 주시겠대!"

P
산소, 그리고 플라잉 디스크

이태경

P 인(Phosphorus). 원자 번호 15.

탄소, 산소, 질소 등과 함께 생명체를 이루는 필수 원소.
DNA나 뼈를 이루는 주된 성분이며 인은 질소, 칼륨과
함께 비료의 3요소다.

  월요일, 서둘러 급식을 먼저 먹고 기자재실에 들러서 남은 쿠키
를 챙겼다. 남아 있는 쿠키는 모두 P모양으로 원자 번호 15번인 인
(Phosphorus)을 형상화한 것이다. 인은 뼈와 DNA를 이루는 주된 성분이
다. 이 쿠키 안에도 인이 들어있는지는 모르겠다. P쿠키가 잔뜩 남은
까닭은 원자 번호 순으로 굽다가 P쿠키를 마지막에 구웠기 때문이다.
마지막에 굽다 보니 시간이 모자라서 대결을 할 때는 제대로 다 구워
지지 않아서 나눠 주지 못했다. 대결이 끝난 뒤에야 다 구워져서 잔뜩
남은 것이다. 쿠키를 모두 챙겨서 제2과학 실험실로 왔다. 2주 동안 빵
을 만들고 쿠키를 구우며 기자재실에서만 보내다 오랜만에 방문한 실
험실은 낯설면서도 반가웠다. 애들이 한 명씩 실험실로 들어왔고 나는
쿠키를 나눠 주었다. 우리는 쿠키를 나눠 먹으며 지나간 승부로 이야

기꽃을 피웠다. 서로 자존심을 걸고 대결을 펼쳤는데, 대결이 끝난 뒤에는 서로 미워하는 마음은 거의 사라졌다. 물론 박채원은 예외다. 박채원은 여전히 꼴 보기 싫다.

쿠키를 나눠 먹으며 노닥거리는데 다은이와 이예나가 잔뜩 화가 난 얼굴로 씩씩거리며 들어왔다. 입에서 험한 말도 튀어나왔다. 그러고 보니 둘은 급식을 먹을 때도 보이지 않았는데, 무슨 일이 벌어진 모양이었다.

사건은 이랬다. 4교시 체육 시간, 플라잉 디스크 경기를 벌이는 중이었다. 운동 경기라면 승부욕이 남다른 이예나는 몸을 사리지 않고 뛰어다니다 임나은과 부딪쳤다. 임나은은 컴꽈 소속이다. 임나은이 쓰러지자 이예나는 미안하다고 사과했다. 그런데 임나은이 사과를 받아들이지 않고 짜증을 내며 "자꽈는 다 그 모양이니?" 하고 쏘아붙였다. 이예나는 발끈하며 임나은을 째려봤다. 그대로 임나은이 물러섰으면 끝났을 일인데 임나은이 물러서지 않았고 해서는 안 될 말까지 하고 말았다.

"빵이나 만들면서 꼴에 과학부래."

때마침 이예나 쪽으로 다가오던 다은이도 그 말을 들었다. 다은이는 화를 내며 이예니와 함께 임나은을 몰아붙였다. 그때 컴꽈 소속인 이현표가 "나은이가 틀린 말 한 건 아니잖아?" 하며 싸움에 끼어들었다. 그 바람에 싸움은 걷잡을 수 없이 커졌고, 체육 선생님이 무슨 일인지 살피러 와서야 끝이 났다. 수업이 끝나고 다은이와 이예나는 다시 임나은을 붙잡고 따졌고, 이현표도 임나은 편을 들며 맞섰다. 그 바람에 급식도 못 먹었다고 한다.

우리는 다 같이 분노했다.

"내가 빵은 과학이라고 그렇게 말했는데, 끝까지 그깟 빵이라면서 비웃는 거 있지."

다은이가 울분을 토했다.

"그깟 빵이라니……."

이예나는 책상을 주먹으로 내리쳤다.

"걔들이 빵을 알아?"

"아, 진짜 짜증나!"

그때 실험실 문이 벌컥 열렸다.

"누가 그랬어? 누가 감히 빵 만들기를 놀린 거야?"

송윤정 선생님 눈에서 불이 일었다.

이예나와 다은이는 체육 시간에 벌어진 사건을 그대로 전했다.

"컴퐈, 이것들이 정말!"

송윤정 선생님은 들고 있던 물건을 집어 던지더니 문을 박차고 나갔다. 송윤정 선생님이 화를 내고 나간 뒤 실험실은 정적에 휩싸였다. 한동안 아무도 움직이지 않았고, 숨소리조차 나지 않았다.

"저기, 무슨 일이 벌어지는지 확인해 봐야 하지 않을까?"

승연이가 걱정스럽게 말하며 남자들을 훑어봤다. 가서 알아보라는 뜻이었다.

"내가 알아볼게."

나는 벌떡 일어나 실험실을 나와서 빠른 걸음으로 컴퓨터실로 갔다. 컴퓨터실 가까이 가니 시끄러운 소리가 들렸다.

"대결?"

이명재 선생님 목소리가 크게 들렸다.

"대결이라고 하면 누가 쫄 줄 알고."

"금요일, 수업 끝나고! 플라잉 디스크로!"

"좋아! 아주 팍팍 눌러 주지."

"지면 군말 없기!"

"누가 할 소리. 땅에 떨어진 자존심을 아예 땅속에 깊이 묻어 줄 테니, 지고 나서 원망하지나 마."

"너나 원망하지 마! 컴퓨터를 몽땅 학교 운동장에 묻어 버릴 테니까."

누가 들으면 전쟁이라도 벌이는 듯한 분위기였다.

컴퓨터실 문이 벌컥 열리며 송윤정 선생님이 나왔고, 나는 피할 틈도 없이 선생님과 마주치고 말았다. 변명을 하려는데, 송윤정 선생님이 그럴 틈을 주지 않았다.

"야, 이태경! 애들 전부 운동장으로 나오라고 해."

"네?"

영문을 몰라 되물었다.

"컴�꽈랑 금요일에 플라잉 디스크 대결하기로 했어! 그러니까 전부 운동장으로 나오라고 해."

자초지종을 알고 싶었지만 송윤정 선생님은 자세히 설명해 주지 않고 다짜고짜 우리를 운동장으로 나오라고만 했다. 하는 수 없이 나는 실험실로 와서 애들에게 송윤정 선생님 말을 전한 뒤 다 같이 운동장으로 나왔다. 우리가 운동장에 나오자 송윤정 선생님은 컴꽈와 우리가 플라잉 디스크로 대결을 펼치기로 했으며, 진 쪽은 상대가 더 잘났다는 걸 인정하고, 이긴 쪽에서 진 쪽을 무시하는 말을 해도 아무 말 않고 굴복하기로 했다는 것이다.

나이 서른이 넘은 선생님들이, 그것도 과학을 가르치는 선생님들이 운동 경기로 승부를 가리기로 했다니, 어처구니가 없었지만 우리 모두는 이의를 제기하지 않았다. 우리는 어느 때보다 단결된 상태였고, 빵 연구에 대한 자부심이 넘치던 때였는데 그걸 무시한 컴꽈에 분노했기 때문이다.

플라잉 디스크 경기는 남녀로 나누어 대결하기로 했다. 여자 다섯 명, 남자 다섯 명이 각각 경기를 하고, 만약 대결에서 각각 1승씩을 나눠서 차지하면 점수를 모두 더해서 승부를 결정하기로 했다. 그러기에 이길 때는 큰 점수 차이로 이겨야 하고, 지더라도 되도록 적은 점수 차이로 져야 했다. 우리는 남자 다섯, 여자 다섯이다. 단 한 명도 예외 없이 모두 경기에 뛰어야 했다.

그때부터 우리는 과학부 모임 시간마다 플라잉 디스크를 연습했고, 수업을 마치고 나서도 따로 연습했다. 실험과 공부는 뒤로 밀렸다. 우리 남학생들도 열심히 연습했는데, 여학생들은 마치 전투를 치르듯이 연습했다. 그 가운데 박채원은 누구보다 열심이었다. 나는 박채원이 꼴 보기 싫다. 서인과 화해를 했지만 여전히 싫다. 그래도 조금 인식이 바뀌긴 했다. 왜냐하면 지난 금요일에 박채원이 보여 준 모습이, 솔직히 충격이었기 때문이다.

우리 동인은 빵 대결에서 졌다. 억울했지만 어쩔 수 없었다. 실험 점수는 내 걱정과 달리 단 2점밖에 차이가 나지 않았다. 비긴 셈이었다. 실험에서 2점 차이가 났을 때 나는 이겼다고 생각했다. 주기율표 모양으로 만든 쿠키와 빵은 아주 인상 깊었고, 인기를 끌었다. 빵 맛도 노력을 해서 꽤나 좋았다. 겉모습과 맛에서 우리는 승리할 자격을 갖추었다고 믿었다. 그런데 결과는 내 예상 밖이었다. 송윤정 선생님이 칭찬할 정도로 박채원 쪽이 만든 빵이 훨씬 맛있었다고 한다. 내가 직접 먹어 보지 않아서 모르겠지만, 꽤나 뛰어난 모양이었다. 우리 모둠은 깨끗이 승복했다. 억울했지만 나도 패배를 인정할 수밖에 없었다. 바로 그때 갑자기 박채원이 자기가 속임수를 썼다고 털어놓았다.

동생이 반죽해 놓은 빵을 가지고 왔노라고, 동생은 제빵사가 꿈인데 빵을 아주 잘 만든다고, 아침에 동생이 나간 뒤 동생이 빵을 만들기 위해 만들어 놓은 반죽을 가져와서 마치 자신이 한 것처럼 속였노라고, 정직하게 대결해야 했는데 이기고 싶어서 부정한 방법을 쓴 자신이 부끄럽다고 했다. 말하지 않으면 아무도 모를 진실을 박채원은 솔직하게 털어놓았다. 박채원이 속임수를 고백하면서 승리는 우리가 차지했다.

그러나 마냥 기쁘지만은 않았다. 눈물을 흘리는 채원이가 안쓰럽지는 않았지만, 다르게 보였다. 자기 허물을 솔직하게 털어놓는 모습에서 충격을 받았다. 물론 눈물을 닦고 웃는 모습을 보고 다시 재수없어졌지만…….

아무튼 빵 대결을 마치고 우리는 다시 하나로 뭉쳤고(물론 박채원은 빼고), 나는 자연과학부로서 자부심을 느꼈다. 빵이 과학이란 말에 담긴 뜻을 대결을 통해 절실히 느꼈다. 주기율표 모양으로 빵과 쿠키를 구운 발상은 송윤정 선생님에게 큰 칭찬을 받았다. 교장 선생님도 칭찬을 아끼지 않았다는 말도 들었다.

빵 대결은 내 자존심을 아주 높여 주었다. 그런데 감히 컴꽈가 내 자존심을, 아니 우리 자존심을 짓밟다니, 그냥 넘어갈 수 없었다. 우리는 말 그대로 피와 땀을 쏟으며 연습했다. 마침내 금요일 대결 시간, 우리는 비장하게 운동장에 모였다. 컴꽈와 자꽈가 붙는다는 소문이 퍼지면서 구경꾼도 많이 모였다. 서로 물러설 수 없는 대결이 되고 말았다. 지면 영원히 무시당하고 살아야 한다.

"야, 살살해라!"

대결에 앞서 악수를 하려고 나란히 마주보고 서 있는데 반대편에 선 우현이가 싱글싱글 웃었다. 나는 우현이를 째려봤다. 친구지만 자존심을 건 대결이기에 조금도 살살할 생각이 없었다. 우리는 손을 모아 함성을 지르고 우리 지역으로 갔다. 내 손에는 플라잉 디스크가 들려 있었다. 깊이 심호흡을 하고 반대편에 선 컴꽈를 노려봤다. 잠시 뒤, 호루

라기 소리가 울렸고, 나는 있는 힘껏 플라잉 디스크를 날려 보냈다.

하늘을 가르며 날아가는 플라잉 디스크가 원자 번호 8번, 산소 모양으로 구운 쿠키처럼 보였다.

수상한 과학실,
빵을 탐하다